두 번째 원고

2025

구르는 것이 문제

이준아

에버그로잉더블 그레이트 아파트

김슬기

머리 기르는 사람들의 모임

권희진

러브버그물풍선폭탄사태

임희강

하루의 쿠나

김영은

사계절

차
례

구르는 것이 문제

이준아

하루에 세 번 많게는 네 번의 인슐린을 놓는다. 아이고 저런, 동정 어린 표정이 되어버리고 마는 사람들에게 여섯 살 때부터 그랬다니까요, 투정 부리듯 콧소리를 내면 그 연민의 얼굴은 점입가경으로 치닫는다. 그런 반응을 그럭저럭 즐기게 되었을 때 나는 비로소 어른이 되었다고 생각했다.

내 몸에 부족한 것은 딱 하나의 호르몬일 뿐인데 인생이 이렇게나 성가시고, 성가신 주제에 단조로워지기까지 하는 걸 보면 차라리 발가락이 여섯 개라거나 손가락이 하나 정도 없는 편이 한결 다이내믹하지 않았겠냐, 푸념하다가도 또 정말로 그런 문제를 가진 사람들한테 실례일 수도 있겠다 싶어 혼자만의 잡념일랑 얼른 거둬들인다.

아니, 무슨 병 이름에 오줌이 들어가. 난 일단 그게 너무 싫어. 오줌에 포도당이 나온다는 표현 말고 뭐 다른 아카데

믹한 방법은 없었을까? 심심하면 한 번씩 투덜거리는 내게 그는 주로 이런 대답을 한다. 문제에 정확한 정의가 있다는 건 상당히 편리한 거야. 날 봐. 정의가 없으면 사람들이 불편해해.

그렇다. 나의 그에게도 역시나 가까스로 사소해진 문제가 하나 있다. 병원으로, 한의원으로, 그도 아니면 점집으로 병세의 호전을 위해 여기저기 실려 다니기 바빴던 나와는 반대로 그는 어디에도 실려 가지 않기 위한 혼자만의 투쟁을 지속해왔다. 세상의 이해를 구하지 못한 앓음. 내 남자의 문제는 바퀴 공포증이다.

하루에 세 번 많게는 네 번의 인슐린을 놓는다는 나의 말에 아 그러시구나, 심드렁하게 대답하는 그를 보며 내 당뇨를 이렇게 대한 남자는 네가 처음이야, 같은 마음으로 시작된 호기심은 그의 잘 발달된 허벅지와 전완근을 보는 순간 완전히 제압되고 말았고, 단 두 번의 사적인 만남 만에 사귀는 게 어떻겠냐 고백해버렸다.

저, 답하기 전에 드릴 말씀이 있어요. 저한테 문제가 좀 있는데 제가 바퀴 공포증이 있어서요. 그가 조심스레 운을 떼었다. 바퀴 좋아하는 사람이 어딨어요. 제가 대신 때려잡아 드릴게요. 당연히 벌레를 말하는 줄 알고 앙큼하게 대답했는데 그는 안타깝다는 듯 덧붙였다. 그 바퀴면 얼마나 좋겠어요. 제 경우는 휠이요, 구르는 바퀴.

그는 바퀴로 굴러가는 모든 탈것에 거부 반응을 일으킨

다고 했다. 자동차나 버스는 물론이거니와 오토바이, 자전거 하다못해 전기 킥보드까지도. 바퀴의 개수에 상관없이, 밀폐 여부에 상관없이 모두 타지 못한다고. 그냥 원래부터 그랬다고. 기억이라는 것이 가닿는 어린 시절부터 쭈욱.

심한 멀미 같은 건가요? 아니요, 딱히 멀미 같은 건 아닌데……. 어떤 증상인지 물어봐도 돼요? 그냥 뭐라고 해야 하나…… 바퀴가 굴러가는 걸 생각하면 세상이 곧 끝장날 것처럼 정신이 아득해져요. 그저 떠올렸을 뿐인데도 정말로 아득해져버린 얼굴로 그가 읊조리듯 답했다.

대신에 그는 바퀴로 나아가는 것 외의 모든 탈것을 섭렵했다고 말했다. 지하철, 경전철, 무궁화호, KTX, SRT, 모노레일, 케이블카, 모터보트, 요트, 유람선, 크루즈, 헬리콥터 마지막으로 살짝 애매하게 걸쳐 있는 여객기까지. 그런데요. 나는 조심스럽게 물을 수밖에 없었다. 지하철이랑 기차도 레일에 닿는 부분은 작은 바퀴들인 거 알고 있죠? 그러자 그가 어깨를 으쓱하며 대답했다. 그러게나 말이에요. 설명이 안 되잖아요. 그러니 제가 얼마나 외롭겠어요.

나는 앞뒤 잴 것 없이 그의 손을 붙들며 말했다. 그러니까, 우리 외롭지 말자구요. 정신에 붙들려 마음껏 나아가지 못하는 그의 몸을, 몸에 붙들려 늘 질질 끌려 들어오고야 마는 나의 정신이 질척하게 물고 늘어졌다. 그가 꼭 한번은 내 남자가 되었으면 했다. 문제를 끼고 사는 처지에 문제에 달려들면서 그깟 문제 따위라고 생각했다. 그리하여 또 다른 사랑스러운 문제를 끌어안게 되기까지.

비행기는 활주로 달리는 순간만 잠깐 참으면 날아오르니까 괜찮을 거야.

그의 말을 철석같이 믿고 감행한 2주년 기념 제주도 여행은 제주공항에 제대로 발을 들이기도 전에 어긋나기 시작했다. 탑승구 연결 지연으로 그에게 허락된 '활주로를 달리는 잠깐의 순간'이 영원처럼 길어졌기 때문이다. 나는 거의 반쯤 정신이 나간 그를 붙들고 공항에서 가장 가까운 싸구려 모텔로 들어갔다. 돌아가는 항공권을 취소하고, 목포로 가는 여객선을 예약하는 나를 그는 아주 소극적으로 만류하다가 그만두었다.

우리는 4박 5일의 일정 동안 공항과 항구에서 도보로 두 시간 내에 있는 곳만 골라, 먹고 자며 순례자처럼 걷고 또 걸어야 했다. 그렇게 하루 종일 걸어 다녀도 제주시를 벗어나기 어려웠다. 평생 가야 서귀포시에는 발도 못 들이겠네, 넋두리를 하는 그의 입에 나는 크림이 잔뜩 든 도넛을 넣어주었다.

마지막 날, 짐을 이고 지고 한 시간 남짓을 걸어 제주항 여객선 터미널에 도착했을 때 우리는 누구보다 뱃사람 같은 몰골이 된 서로를 보며 꺼이꺼이 웃었다. 그는 행복함을 느낄 때 그렇게 울음을 터뜨리듯 웃어버린다.

목포에 도착했을 때는 달도 숨어버린 늦은 밤이었다. 비행의 몇 배는 더 걸리는 시간을 바다에 떠서 보낸 후였지만, 그의 만면에는 어느 때보다 생명력이 넘쳤다. 앞뒤로 애들이 빽빽 울어대는 기차를 탈 때도, 아득히 높은 케이블카에 대롱대롱 매달려 있을 때도, 출퇴근 시간 지하철에서 낯선 이의 뜨거운 입김을 고스란히 전해 받을 때도 그의 표정은 언제나 밝았다. 그러니까 정말로 땅을 구르는 바퀴만 아니면 되는 모양이었다.

하지만 항해를 대하는 나의 대응 기제는 그와 다를 수밖에 없었다. 굴러가는 것만 아니면 만사 오케이인 데다가 다년간의 걷기와 뛰기로 단련된 그의 다부진 신체에 비해 지병에 가로막힌 나의 몸뚱어리는 이따금 오류가 나기 때문이다. 인류가 기껏 축적해놓은 산해진미 역사의 첫 페이지를 펼쳐 보기도 전에 발병된 소아 당뇨로 평생을 식이요법과 인슐린에 의존해 살고 있는 문제의 몸. 그 몸이 맛있는 것도 실컷 먹지 못하는 주제에 지겹게 걷기만 한 기행奇行 같은 여행에 잔뜩 성이 나 있었다.

이상하다, 나 너무 피곤한데, 좋은 징조가 아니야. 예상보다 길어진 이동 시간으로 챙겨 온 인슐린을 모두 소진해버린 나의 컨디션은 위태로웠다. 하지만 그는 내 어두워진 안색을 헤아릴 만큼 차분한 상태가 아니었다. 나는 역시 배가 좋아. 평생 바다에 떠 있을 수만 있다면 얼마나 좋을까? 평생 쓰고도 남을 정도의 인슐린을 떠다니는 배 위에 안전하게 보관할 방법만 있다면야 나도 그를 따르고 싶었다. 아니, 취소.

대형 병원이 근처에 없는 일상을 나는 견디지 못할 것이다.

숨, 차오르기 시작했다. 자기야, 119 불러야겠다. 119? 어디 불났어? 줄곧 탈것을 외면하며 살아온 그는 119와 응급차를 곧바로 연결시킬 수 있는 사람이 아니었다. 자기야, 119는 응급차를 탈 때도 필요해. 아…… 아프구나 너! 응급차 그, 그래! 아픈 나를 능가하는 속도로 핏기를 잃어가는 그의 얼굴을 보며 나는 조금 짜증이 났다. 됐어, 그냥 내가 할게. 내가 119에 전화해 병증을 설명하는 동안 그의 두 발은 어디에도 올라탈 수 없다는 의지를 표명이라도 하듯 더 무겁게 땅으로 박히는 중이었다. 나와 함께 응급차에 욱여넣어진 자신을 머릿속에 떠올렸을 것이다. 아직 나타나지도 않은 응급차의 바퀴는 마치 허리케인 예보처럼 이제 막 항해를 마친 그의 평온한 기류를 단숨에 긴장시켰다.

같이 가셔도 되는데요. 보호자분 올라타세요. 마지막까지 애처롭게 서로의 손끝을 붙드는 우리를 보고 구급대원은 이해가 가지 않는다는 듯 말했다. 그가 반사적으로 자신의 불능에 대해 설명하려고 할 때 나는 그의 말을 가로막았다. 그는 이미 충분히 혼란스럽고 또 구겨졌으니. 그 밤, 불능에 가로막혀 움츠러드는 사람은 나 하나로 충분했다. 나를 위해 그는 곧게 펴져야만 했다.

아니요, 저 사람은 급하게 갈 곳이 있어서요. 까만 바다 앞에 장승처럼 버티고 섰던 그가 나의 말을 신호탄 삼아 한쪽 무릎을 굽혀 자세를 취한다. 운동화 끈을 고쳐 묶는다. 바퀴가 달린 캐리어를 대신해 커플 아이템으로 장만한 커다란 더플백 두 개를 쌍검을 차듯 단단하게 가슴팍에 무장하는 그. 나는 그가 무엇을 할 참인지 대번에 알 수 있었다.

병원에서 몸에 이상이 없는 것을 확인하고 인슐린을 처방받아 나왔을 때, 그는 막 병원 입구로 뛰어 들어오는 중이었다. 한 시간 남짓을 내처 달려온 그는 스마트워치를 찬 손목을 들어 올리며 페이스 신기록 달성! 하고 외쳤다. 속이 훤히 보이도록 땀으로 흠뻑 젖은 셔츠와 가쁜 숨. 나는 물색없이 그런 그가 섹시해서 미치겠다는 생각을 했다. 할 수만 있다면 나의 모든 것을 활짝 열어 그를 내 안에 가두고 싶었다. 틈 없이 품을 거야. 내 안에 존재하는 줄도 몰랐던 요부와 마녀가 어서 그를 사로잡지 않고 뭐 하는 거냐고 다그쳤다.

그러니 그날 밤 우리에게 피임 같은 구체적인 단어가 떠오를 리 없었다. 절정은 수정으로, 착실히 착상으로 이어졌다. 야한 밤의 끝은 생명이었다.

말도 안 돼. 이렇게 한 방에 애가 생긴다고? 애가 생기는 데 두 방씩 필요하진 않으니까. 무슨 소리야, 난 세 방 넣어서 한 방 겨우 성공했는데. 조카를 만들어주게 생겼다는 내 말에 미연 언니는 자신의 시험관 무용담을 늘어놓았다. 언니네 부부는 딱히 난임으로 고생한 시간이 길지도 않으면서 나이를 핑계로 일찌감치 시험관으로 돌입한 케이스였다. 그렇게 낳은 선이의 네 돌 생일이 코앞이었다.

나는 아이를 그다지 좋아하지 않는다. 내 몸의 버거움 때문에 아이를 좋아해도 되는지 진지하게 생각해보지 않았다는 쪽이 더 맞겠지만. 그래서 미연 언니가 제 몸에 주사기를 찔러 넣어가며 호르몬의 노예가 되어 사사건건 지랄 맞게 굴 때도 그 '사서 하는 고생'을 배려하는 것이 어려웠다. 무엇보다도 타협하기 힘들었던 점은 미연 언니가 나와 같은 팀에서 일하는 직장 동료라는 데 있었다.

너 같은 애를 두고 여적여라고 하는 거야. 자꾸만 표정 관리에 실패하는 나에게 언니가 말했고, 언니의 공격을 받은 나는 한동안 얼빠진 기분이었다. 그러다 서서히 화가 났다. 여자의 적은 여자라는 말 자체에 반기를 들고 싶었다. 여자의 적이 여자면 왜 안 돼요? 여자의 적이 남자여도 안 된다면서요! 그럼 여자의 진짜 적은 아이겠네요! 애를 낳으려고 드니까 다 적이 되는 거 아니냐고! 소리를 질렀고, 미연 언니가 곧바로 한 손을 치켜들길래 뺨이라도 내줄 각오로 눈을 부릅떴다. 그런데 언니가 그 한 손으로 자신의 머리를 쥐어뜯으며 엉엉 울기 시작해서 졸지에 나만 난임으로 고통받는 직장 동료를 울려버린 천하의 몹쓸 년이 되고 말았더랬다.

이런 질문해도 되나? 낳을 거야? 낳지 않는 쪽도 가능하다는 생각은 해보지 못했다. 도덕이니 생명 중시니 하는 문제가 아니라 지금 당장은 그냥 두는 편이 어떻게 하는 쪽보다 더 수월해 보였기 때문이다. 제대로 고민해보지 않은 티가 역력한 내 태도에 언니가 입술을 모로 오므리고 콧구멍을 벌름거렸다. 하고 싶은 말이 있는데 애써 참을 때 나오는 표정이었다. 뭔데, 말해. 뜸이나 들이지 말 것이지, 들인 시간만큼 의도가 분명해진 질문이 투척됐다.

그 사람이랑 결혼까지 생각하니? 그 말에는 '그 결혼 나는 못마땅'이라는 무언의 메시지가 착실히 담겨 있다. 나를 아끼는 사람들은 왜 하나같이 그를 아끼지 않을까. 나를 통과한 그들의 애정은 어째서 그에게로 곧장 향하지 못하고 맥없이 굴절되고 마는지, 나는 그 유연한 마음들에 번번이 세차게 치였다.

산부인과 의사는 1형 당뇨가 있는 여성의 경우는 임신관리가 조금 복잡해질 수 있다고 말했다. 예상은 했지만 의사가 특별한 주의를 기울여야 한다고 말하는 대목에서는 나도 모르게 짜증 섞인 한숨이 크게 나와버렸다. 의사는 그 요란한 날숨을 걱정과 우울로 받아들였는지 많은 1형 당뇨 여성들이 건강한 아기를 출산하니 크게 걱정하지 않아도 된다며 냉큼 나를 다독였다.

내 몸이 임신이라는 대대적인 변수를 어떻게 받아들일지, 혈당은 과연 더 미쳐 날뛸지, 당뇨가 유전이 되지는 않을지, 진즉에 품었어야 할 의문들이 진료실을 나선 후에야 팝콘처럼 머릿속에 튀어 올랐다. 그리고 곧이어 이성적으로는 도무지 설명되지 않는 증상이 나타났다.

딸기. 그래, 딸기!

복잡한 머릿속을 단숨에 정리해버린 강렬한 욕구. 나는 딸기를 먹어야만 했다. 때마침 딸기가 제철이었다. 지금 당장 딸기를 먹지 않는 건 미친 짓이라는 생각이 들었고, 생각만으로도 입안에 침이 고였다. 전투태세로 근처에서 아무 마트나 찾아 돌진했다. 입구부터 늘어선 딸기 가운데 가장 알이 크고 탐스럽고 값나가는 놈으로 한 팩 골라 셀프 계산대에서 다급하게 결제를 마쳤다. 마트 화장실에서 거칠게 수도꼭지를 열고 플라스틱 팩째 딸기를 씻는 초조한 모습은 금단증상에 시달리는 마약 중독자처럼 제대로 수상한 몰골이었겠지만, 알 바 아니었다.

물이 뚝뚝 흐르는 그 욕망의 과실을 한 알 다급히 베어 물었다. 새콤했던가, 달콤했던가. 미지근한 과즙이 몸 안에 흡수되자 비로소 숨이 제대로 쉬어지는 느낌을 받았다. 하지만 반 팩을 채 비우기도 전에 연속혈당측정기에서 앱으로 신호를 보내왔다. 그만 먹어라. 혈당 올라간다. 마음의 갈급함과 몸의 수치는 언제나 따로 논다. 나는 또 금시에 서러워지면서 그제야 깨달았다.

기어이 입덧이 시작되는구나.

그래봤자 아직 주도권은 나에게 있다고, 문제가 좀 있는 몸이긴 해도 어쨌든 주인은 나라고. 이제 막 기세를 떨치기 시작한 존재를 두고 나는 괜히 엉뚱한 마음을 부려본다. 자궁 안에 똬리를 튼 유전체 조각이 제대로 된 사람의 형상이 되기까지는 아직 몇 달이나 남았으니까. 이런 성가신 신호에

방해받지 말고 이성적인 결정을 내려야지. 사고 회로에 다양한 옵션을 입력해본다. 그러려고 노력해본다. 하지만 그래봤자 늦었다는 것을 모르지 않는다. 나는 이미 미연 언니의 히스테리를 완벽하게 이해하고 말았다.

그러니까 말이야, 엄마가 화장실에서 딸기를 먹었던 바로 그날이야. 아가.

*

하지만 착실했던 수정, 착상과는 별개로 나의 실망스러운 연인은 그다지 착실하지 못한 반응을 보이고 말았다. 여자친구의 임신을 알게 된 남자가 겪는 일반적인 패닉이라기엔 나를 너무 오래 쌩깠으니까. 나는 보란 듯이 미지의 존재를 받아들이고 그에게 최후통첩을 날릴 결심을 했다. 미연 언니가 그러는데, 어차피 너 같은 놈이랑은 결혼도 뭣도 하는 게 아니래. 애는 내가 키운다. 너는 새끼야, 어차피 아빠감도 아니야. 주소창을 비운 긴긴 메일을 지웠다 쓰기를 반복했다. 큰맘 먹고 키감 좋은 기계식 키보드로 바꾼 것이 스트레스 해소에 제법 도움이 되는 것 같다고 생각하는데, 마침내 그의 번호로 전화가 울렸다. 괘씸한 새끼. 장장 일주일 만이었다.

자기야, 아기가 자라는 동안 말이야, 무수히 많은 바퀴가 연루되겠지? 그가 자분자분 묻는다. 나는 내가 생각해보지 못한 또 다른 문제에 직면했다. 구르는 걸 무서워하는 아빠에 당뇨까지 유전으로 받게 된다면, 그 영혼은 또 어떤 똥밭을 구르며 살게 될 것인가. 아니 그런데 설마, 바퀴 공포증도 유전이 되나? 뭣보다 그가 선택한 어휘가 마음에 걸려 일단은 그것부터 딴지를 걸고 본다. 자기야, 바퀴가 범죄도 아니고 무슨 연루가 돼. 당뇨병에 연루되는 거면 또 모를까. 충분히 차분했던 그의 목소리가 기어코 더 낮게 가라앉는다. 아 당뇨, 그것도 있었지. 우리 참 곤란하게 됐네. 나도 질세라 대답한다. 그러게, 진짜 심란하다.

곤란하다, 심히 곤란하니 심란하다, 아기가 곤란한 걸까, 이런 우리라서 심란한 걸까. 우리는 문제의 경계가 닳고 닳을 때까지 뭉근하게 그 곤란하고 심란한 말을 우려냈다. 우리가 어찌해볼 수 없는 사정을 사정없이 반복적으로 입 밖으로 내뱉어서 매우 사소한 상태로 만들어버리는 것이 나와 내 연인이 터득한 나름의 신박하고 효과적인 회피 방법이다. 하지만 거듭할수록 선명해지는 문제가 있었으니, 배아에서 태아로 충실히 형태를 부풀리고 있는 존재에 관한 것이었다. 그것을 아기로 규정하기로 한 이상 문제는 사소해질 기회를 잃고 만다. 일단은 말이야, 결혼부터 하자고. 얼마 후, 예열을 끝낸 오븐처럼 따끈하게 부푼 나의 배를 보며 그가 말했다. 아직 이것은 아기라기보다는 점심 식사의 결과물에 가깝다는 말을 뒤로하고 나는 대답했다. 아무래도, 그래야겠지?

식은 과감히 생략하기로 했다. 물론 '과감히'라는 말은 대외적으로 쓰는 표현일 뿐 별도의 결혼식을 올리지 않기로 한 결정은 그나 나나 딱히 과감할 것 없는 처사였다. 피차 청첩장을 돌릴 만큼 친한 지인도 손에 꼽았다. 나의 경우 매일같이 달콤하고 매운 걸 먹기 위해 몰려다니는 여자아이들 틈에서 나만의 각별한 무리를 만드는 건 아무래도 무리였고, 그의 경우엔 말해 뭐 하겠는가. 자전거도 자동차도 거부하는 십 대 남자아이라니. 그의 십 대를 생각하면 가슴 한편이 찌르르 울렸다.

그의 십 대가 가여워. 내 말에 미연 언니가 말한 적이 있다. 너는 이제 진짜 게임 끝이라고. 그게 무슨 소리냐고 물으니 언니는 그런 게 있다고만 했다. 엔드게임이 진행 중인 와중에 쓸데없는 말을 보태봤자 자기만 빌런이 될 뿐이라나.

역세권이 아니면 생활을 영위할 수 없는 나의 연인에게는 부동산을 알아보는 재주가 있었다. 재주만 있을 뿐 자본은 없어서 재미를 보지는 못했어도 전세로, 반전세로, 저평가된 지역의 적당한 집을 잘도 찾아다녔다. 그러다 집값이 오르면 쫓겨나듯 이사를 반복하는 데 이골이 나서 두 해 전 영혼의 영혼까지 저당 잡혀가며 구도심의 작은 복도식 아파트를 매매했다. 하지만 이사 좀 그만 다녀볼까 해서 매매한 집에서 그는 단 하루도 살아보지 못했다. 전세를 끼지 않고서는 도저히 이자를 감당할 수 없었기 때문이다. 그는 직장까지 직행으로 삼십 분이면 갈 수 있는 자신의 집을 두고 한 시간 거리의 작은 셋방에서 매일같이 아침도 거른 출근길에 나섰다. 집주인도 되고 보니 별거 없네. 매달 원금과 이자가 나갈 때마다 넋이 털린 표정을 하면서도 그는 집을 처분하지 않고 꾸역꾸역 감내했다.

나는 나대로 집을 한 채라도 갖고 있어야 한다는 그의 고집을 나와의 미래를 진지하게 생각한다는 신호로 해석했다. 호시탐탐 그 주변의 아파트 시세를 검색해보며 매매가가 조금이라도 오르면 남몰래 흡족해했는데, 잠깐 흐뭇할 뿐 그가 왜 여전히 결혼 이야기를 꺼내지 않는지 서서히 불안해졌다. 그러니 계획에 없던 혼전 임신으로 결혼을 서두르게 되었을 때, 같은 상황을 거쳐간 수많은 커플들이 맞닥뜨리는 갈등의 단계를 피해가지 못한 것은 당연한 수순이었다. 비겁하게 호르몬 탓으로 돌리고 싶진 않지만 '선 임신 후 결혼'이라는 궤도는 이따금 나를 궁지로 몰아넣었다. 처음 안 사실인데, 나는 궁지에 몰리면 표독해지는 여자였다.

임신이 아니었으면 결혼은 없는 거였지? 그게 무슨 소리야. 애 때문에 억지로 결혼하는 거 아니냐고! 그런 말이 어딨어. 질문의 요지를 정면 돌파하지 않는 그가 나는 미치도록 얄미웠다. 그 전에는 결혼 얘기 한 번도 안 했잖아! 결혼까진 아니었다 이거지? 나의 득달같은 추궁에 그가 비명을 내질렀다.

우리라고 생각하는 순간 내 문제는 진짜 문제가 된다고! 너 진짜 모르겠어?

나는 당뇨인답게 디저트류와 연이 깊지 않은 삶을 살아왔다. 워낙 어렸을 때 진단을 받은 덕에 달콤한 음식을 피해 가는 일이 크게 어렵지는 않았다. 아는 맛이 무섭지 모르는 맛은 말초신경을 그다지 자극하지 않는다. 하지만 열두 살 때 초대받은 생일 파티에서 나의 절제력은 생애 최초의 시험대에 오르고 말았다.

케이크는 쳐다도 보지 말고. 알았지?

그날따라 강경했던 엄마의 당부에 사춘기가 한 템포 빠르게 왔던 나는 괜한 반발심이 들었다. 하필 그날의 케이크는 더할 나위 없이 화려하고 유혹적이었다. 미국인지 캐나다인지에서 어린 시절을 보낸 생일자는 뮤지컬 배우가 꿈이었고, 그 애가 푹 빠져 있던 뮤지컬 주인공이 커다란 직사각형 시트 위에 버터크림으로 그려져 있었다. 주인공이 달뜬 표정으로 케이크를 권했을 때 나는 응당 이렇게 말해야 했다. 미안하지만 나는 당뇨가 있어서 이런 걸 먹으면 몸이 아파. 그래야만 했는데.

그 세련된 파티에서 그 예쁘장한 친구가 권하는 케이크를 앞에 두고, 나는 굳이 오줌이라는 말이 들어간 문제의 병명을 입에 올리고 싶지 않았다. 아무렇지 않은 척 다른 아이들처럼 자연스럽게 그 케이크를 받아먹고 싶었다. 쳐다도 보지 말라는 말은 이미 어겼고 아무 일도 일어나지 않았으니, 입에 넣고 조금 씹어본다 한들 큰일이 일어날 것 같지 않았다. 그렇게 천천히 한 입, 조금 더 빠르게 두 입, 순식간에 반

조각이 사라졌다. 오감은 희열로 물들었고 세상은 무너지지 않았다. 나는 잠시 내가 속았다고 생각했다. 그동안 속고 살았던 거야. 이렇게 멀쩡하잖아! 하지만 성공적인 반란이었다는 기쁨도 잠시, 숨이 가빠지고 노랗게 물든 천장이 빙빙 돌기 시작했다. 곧이어 너무나도 구체적이고 강렬한 고통이 나를 덮쳐왔다. 온 얼굴이 크림 범벅이 된 채 뒤로 넘어가는 순간 아이들은 겁에 질려 비명을 외쳤다. 그 사건 이후 다시는 누구의 생일 파티에도 초대받지 못하게 된 나는 달콤한 디저트류는 장난으로라도 입에 대지 않게 되었다.

그렇다고는 해도 하얀 슈거파우더가 눈처럼 내린 폭신하고 부드러운 크림 도넛을 한 입 크게 베어 물고 싶은 마음마저 모두 사라진 것은 아니었다. 그리고 그는 눈으로 먹는 나를 대신해 정말로 맛있게 먹어줄 수 있는 사람이었다. 유튜브 먹방이나 찾아보며 심심하게 달래던 허기를 나는 그를 만난 후부터 더 실감나게 채우기 시작했다. 자기야, 도넛 먹고 싶지 않아? 물으면 그는 나의 출처를 알 수 없는 우울감을 감지하고 먹고 싶네, 대답했다. 크림을 잔뜩 채워 넣은 도넛을 몇 개씩 내리 해치워도 대사량이 높은 그의 몸은 그 많은 칼로리를 잘도 에너지로 소모했다. 여러모로 부러운 몸이군. 내가 입맛을 다시며 바라보면 그는 부러 눈을 게슴츠레하게 뜨고 혀를 내밀어 크림이 묻은 입가를 유혹적으로 닦아냈다.

하지만 임신과 결혼 결심의 상관관계를 반복적으로 추

궁당하던 나의 연인은 도넛이나 먹고 갈래? 하는 우리만의 화해 코드에 진심으로 지친 기색을 보였다. 오늘은 그만하자, 나도 지금은 좀 힘들다. 그가 그렇게 사라지고 난 뒤 나는 집으로 들어와 미리 배달시킨 도넛 박스를 한참 동안 노려보았다. 네까짓 게 뭐라고. 가장 빵빵하고 억울하게 생긴 놈으로 세 개를 골라 쉬지 않고 씹어 삼켰다. 무슨 생각이었냐고. 생각이란 게 있었을 리가.

임신 12주의 여자는 열두 살 사춘기 소녀보다도 더 위험한 짐승이었다. 본능에 충실한 결과와 그 결과에 뒤따르는 또 다른 결과가 실타래처럼 엉켜 내 몸과 마음의 문제는 그 어떤 것도 명료하지 않은 상태였다. 만약 지금이 20세기였다면 정말로 큰일이 났을 수도 있겠지만, AI와 채팅도 가능해진 시대에 사는 반쯤 미친 당뇨 환자는 뜻밖의 기회를 얻기도 한다. 나의 충직한 연속혈당측정기는 웬만해서는 기회를 놓치지 않기 때문이다. 경고 신호를 접수한 건강 앱은 보호자로 등록된 그에게도 다급히 알림을 보냈다. 이러… 지… 마… 너… 없… 난… 죽어……. 고도로 발달된 기술은 나에게 숨도 못 쉴 만큼 눈물 젖은 그의 얼굴을 소환했다.

이처럼 충실한 사랑의 큐피드들이라니.

*

산모님 생각이 있어요, 없어요? 아실 만한 분이 왜 그러셨을까?

담당 의사는 단단히 화가 나 있었다. 어설프게 다독이려 할 때는 영 별로였는데 불량 청소년 훈육하듯 잔소리를 늘어놓는 와중에도 끝까지 환자가 아닌 산모라고 부르는 고집이 부쩍 마음에 들어서 끝까지 담당의를 바꾸지 않겠다고 다짐했다.

혼인신고를 앞두고 그와 나는 계획을 조금 변경해야 했다. 도둑 결혼도 아니고 이게 뭐 하는 짓이냐고 울부짖는 양가 부모를 달랠 수단이 필요했으므로. 무엇보다도 그들이 우리를 설득하려고 들이민 '수금'이라는 카드가 꽤나 설득력이 있었다. 최소한의 비용으로 축하 파티를 열자. 찾아오기 어려운 곳으로 장소를 정하면 다들 계좌로 돈만 이체해주지 않겠어? 오, 좋다 좋아. 우리는 차라리 안 하느니만 못한 스몰웨딩으로 부모를 욕되게 하고, 대신하여 쏠쏠한 수입을 올릴 심산이었다.

하지만 행사 당일 나의 컨디션은 최악으로 치달았다. 오전부터 속이 좀 메스꺼운가 싶더니 손님 맞을 준비를 하는 와중에 눈앞이 부옇게 흐려졌다. 속옷에 동전 크기만큼의 피가 점점이 묻어 나왔다. 차가운 소름이 척추를 타고 흘렀다. 그동안 내가 어떻게 될까만 궁리하느라 배 속의 존재가 먼저 어떻게 되는 서사는 그려본 적이 없었다. 나의 오만함을 자각하자마자 의식은 급격히 멀어졌다. 옆에는 그날의 가방지기 역할을 도맡아줄 미연 언니가 대기 중이었다.

새끼를 품은 모체의 본능으로 정신이 돌아오자마자 궁금한 것은 나와 몸을 공유하고 있는 존재의 안위였다. 어째서 이런 일들은 두려운 상황이 닥쳐야만 비로소 초점이 맞기 시작하는지. 문제는 강렬한 모성애에 사로잡혀 혼비백산한 여자가 한 명 더 있다는 것이었다. 본인이 물려준 것도 아니면서 나의 1형 당뇨 앞에서 언제나 가장 큰 죄인이 되어온 사람, 나의 엄마. 그녀가 발을 동동 구르면 나는 고분고분해질 수밖에 없었다. 그녀에게 나의 생존을 의탁해온 기나긴 세월 동안 몸에 밴 습관이니.

너 그 꼴로 쓰러져서 차로 실어 나르려는데 남편 될 사람이 차에도 못 타고 허둥거리는 꼴을 봤으니, 나 같아도 억장이 무너지지. 아기의 무탈함을 확인한 직후 그를 불러달라는 말에 내내 곁을 지키고 섰던 미연 언니의 증언이 불같이 뿜어져 나왔다. 어머니가 내쫓았어. 어떻게 왔는지 생각보다 일찍 도착했더라고. 어머님 막 울면서 나가라고 소리 지르고 난리도 아니었어. 전화해봐, 근처에 있을 거야.

괜찮대. 큰 문제 없대. 안도하는 그의 숨소리가 들렸다. 얼른 들어와, 뭐 하는 거야. 그를 재촉하는데 별안간 눈가가 뜨거워졌다. 어느새 돌아온 엄마가 내 옆에 바짝 붙어 그새 십 년은 더 늙어버린 얼굴로 나의 설움을 압도할 눈물을 쏟아내며 세차게 고개를 흔들었기 때문이다. 제발, 제발. 엄마의 입에서 나온 소리인지 내 입에서 나온 소리인지 분간이 되지 않는 신음이 이어졌다. 절대 안 된다고 말하는 그녀의 슬픈 눈과 절대 안 된다고 말하는 그녀를 거역할 명분을 잃은 그의 슬픈 눈은 놀랍도록 닮아 있었다.

각별한 주의가 절대 안정이 되면 일상은 무너진다. 휴직을 신청하고 안방 침대에 꼼짝없이 누워 지내는 신세가 되고서야 왜 진즉에 그와 합치지 않은 걸까 후회가 밀려왔다. 산모에게는 남편이 필요한 법이야, 엄마. 암만 들이대도 위급한 상황에 운전도 못 하고 택시도 못 타는 놈한테는 죽어도 보낼 수 없다는 논리를 이길 도리가 없었다.

진즉에 같이 살걸 그랬어. 어디서 같이 살아. 자기 매매한 집 있잖아. 거긴 전세 줬잖아. 그럼 자기 방에서라도. 반지하 원룸에 임신한 여자친구를 들일만큼 생각 없진 않아. 그게 뭐 어때서! 거 대충대충 살자고! 말이 안 되는 소리인 줄 알면서도 나는 화를 냈다. 너 기운이 좀 돌아왔구나. 오랜만에 그가 조금 웃었다. 잠시 후 다짜고짜 사진 한 장이 날아왔다. 그의 작은 방에 놓인 앙증맞은 핑크색 킥보드 하나. 이것부터 시작하려고. 아직은 올라서기만 해도 식은땀이 줄줄 나지만.

나는 그가 보낸 사진을 손에 받쳐 들고 엄마에게 향했다. 나를 이 집에 좀 데려가줘. 제발 부탁이야. 이틀 뒤 엄마가 운전하는 차에 얌전히 올라타 그의 집으로 갔다. 마중 나온 그에게 엄마가 조건을 붙였다. 분기별로 바퀴가 달린 것은 무엇이든 하나씩 극복할 것. 그는 최선을 다하겠다고 약속했다. 이런 문제는 도대체 어떻게 해야 하는 거니. 나도 이제는 모르겠다. 엄마는 주먹으로 가슴을 몇 번 콩콩 내리치고, 뒷좌석을 더듬거려 두툼한 파우치를 꺼냈다.

주인공들은 없어도 잔치 자리는 사라진 게 아니니 사람들이 정성을 보탰다. 너 쓰러지고 이 사람 벌벌 떠는 거 보고 다들 불쌍했던 모양이지? 액수가 제법 된다. 이거 보태서. 엄마는 가뜩이나 주름진 눈가를 더 자글자글하게 만들며 그가 사는 반지하를 노려봤다. 어서 이사부터.

막내아들의 공포증을 늘 나약한 마음의 병으로만 치부해오던 그의 노부모 역시 두 눈으로 목격한 아수라장에 대뜸 마음이 동한 듯했다. 그의 형과 누나는 물론 일가친척에 향우회까지 닦달해 받아낸 두둑한 축의금을 십 원짜리 한 장 건드리지 않고 그에게 넘긴 것이다. 축의금이라기보다는 심심한 유감의 표시인 쪽이 더 맞는 말 같지만, 어쨌든 어설픈 식이나마 시늉이라도 내보려고 했던 소기의 목적은 달성한 셈이었다.

오, 자기네 집 시골이라고 무시하면 안 되겠는데? 원래 농촌 향우회 이런 데 눈먼 돈이 많은 법이야. 향우회 어른들이 자기를 제법 예뻐했나 봐? 그는 잠시 고민하다 말했다. 우리가 불쌍해 보이니까 우리를 예뻐하기로 마음먹었나 보지. 원래 정말 예쁜 것들은 조금씩 불쌍하기 마련이거든.

불쌍하고 어여삐 여기는 모두의 성의와 나의 적금 조금과 또다시 많은 대출을 더해 우리는 그가 집주인인 작은 아파트로 입성할 수 있었다. 그의 집에 세 들어 살던 중년 부부는 나 임신했소, 있는 힘껏 티를 내는 나를 흘끗 보더니 나지막하게 충고했다. 이 집 겨울에는 춥고, 여름에는 더워요. 밤에는 또 얼마나 시끄러운데. 역 가까운 것 빼고는 다 별로야.

미묘하게 뒤틀린 악담을 내뱉고 가는 그들의 뒤통수에 대고 그가 말했다. 저 사람들은 우리가 별로 불쌍하지 않은가 봐. 세상의 호의는 정말 이상하게도 돌아가는구나. 나는 디카페인 아아를 쪼르륵 빨아들였다.

*

그가 킥보드를 굴려 작은 거실 한 바퀴를 겨우 돌 정도가 되었을 때, 나는 24주가 되었고 정밀 초음파로 무럭무럭 자라난 아기의 상태를 확인했다. 의사는 제법 안정기에 들어선 듯하니 밖에서 맑은 공기를 쐬며 슬슬 걷는 것 정도는 전혀 무리될 것이 없다고 했다.

그와 나는 담당의의 산책 윤허를 기념하며 유선 이어폰을 구매했다. 각자의 무선 이어폰이 있었지만, 길을 걷다 보면 자꾸만 보폭이 빨라지는 그를 잡아 세우기엔 줄 달린 이어폰이 효과적이었다. 우리는 하루에 한 번 같은 음악을 들으며 산책했다. 처음엔 그가 자꾸만 빨라져서 팔짱으로 꼭 잡아두었던 것이 점차 가벼운 손잡기로 변했고, 날이 더워질 때쯤엔 몸 한구석을 붙들어두지 않아도 제법 보폭이 맞아떨어졌다. 배가 불러올수록 나는 더 느려지기만 하는데도 우리는 더 먼 곳까지 산책하는 시간을 늘렸다.

나 요즘 자꾸 바퀴가 보이네. 한참 동안 무시하고 잘 살았는데 말이야. 우리의 느린 걸음을 추월하는 세발자전거의 뒤꽁무니를 보며 그가 말했다. 나는 그의 말이 조금 헷갈려 되물었다. 바퀴가 보인다고? 이번에도 벌레를 말하는 건 아니지? 골똘한 얼굴로 그가 말을 이었다. 그러고 보니 불쾌하게 거슬리는 것이 바퀴벌레랑도 비슷하네. 저만치 앞서간 세발자전거의 주인이 오동통 살이 오른 두 발등으로 능숙하게 페달을 굴려 유턴을 구사했다. 나는 그의 말을 천천히 곱씹었다. 손은 어느새 습관적으로 배를 쓰다듬고 있었다. 그게 더 큰 문제가 되려나? 나의 물음에 그가 어깨를 으쓱했다. 그걸 모르겠네.

— 요즘에는 살 만하십니까, 윤 대리님.

미연 언니는 잊을 만하면 한 번씩 안부를 물었다. 먼저 말을 건 사람치고는 답이 느려서 톡은 드문드문 이어졌다. 서로에게 완전히 길을 잃은 표정을 들켜놓고도 피할 수 없이 매일 마주해야 하는 사이에는 애정과 성가심 그 사이 어딘가의 기묘한 우정이 쌓이기 마련이었다.

— 선이 아기 때 용품들 당근 하려는데 불쌍한 니 얼굴이 떠올라서 말이지. 푼돈 버느니 너한테 넘긴다.

— 그걸 아직도 다 갖고 있어?

— 혹시나 해서 다 이고 지고 살았지.

— 뭘 혹시나 해?

— 그걸 모르겠었는데, 지금 보니 너의 혹시나를 기다리고 있었나 봐.

임신과 결혼을 동시에 알린 것도 모자라 고위험 산모로 적절한 인수인계도 없이 휴직에 들어간 나를 마냥 곱게 보는 시선은 없었을 것이다. 몸조리 잘하라는 인사치레 가운데 제대로 된 축하는 단 하나도 없었으니까. 나의 혹시나를 기다렸다는 언니의 말을 나는 멋대로 축하로 받아들이기로 했다.

— 언니도 내가 불쌍해서 예뻐?

언니는 조금도 고민하는 기색 없이 답했다.

— 듣고 보니 정답이네.

미연 언니의 아기용품 나눔을 그에게 알렸을 때 그 역시 내 의식이 거친 것과 동일한 깨달음을 얻은 듯했다. 아기에게는 무수히 많은 아기용품이 필요하다는 것. 언니가 유아차도 준다는데? 동시에 그와 나는 잠시 멈칫했고, 몇 초간의 정적이 흐른 후에 그가 결연한 태도로 말했다. 유아차를 굴려야겠구나. 그것도 아기가 탄 유아차를.

킥보드 다음으로 그가 주력해야 할 구르는 어떤 것은 유아차가 되었다. 나는 미연 언니에게 연습이 필요하니 유아차를 먼저 받을 수 있겠냐고 물었다. 설마 유아차도 공포의 대상인 거냐고, 그래서 애는 어떻게 키울 거냐고, 네 남자 참 답 없다고 주절주절 뇌까리는 언니에게 선 넘지 말라고 정색하다 또 한바탕하고 말았다. 아뿔싸, 귀한 아기용품들 통으로 날리면 어쩌나 싶었지만, 미연 언니가 또 그 정도로 야멸차진 못했다. 대신 분이 안 풀리니 괜히 마주치지 말고 문고리 거래나 하자며, 딱 그만큼만 옹졸했다. 하지만 유아차를 누가 어떻게 끌고 집으로 올까 하는 문제를 두고 그와 한참을 의논하던 나는 급격한 피로감을 느꼈다. 유아차 하나 얻어 오는 데도 이렇게 말이 많고 비장한데 우리 앞으로 괜찮을까? 그냥 유아차 포기할까? 그에게 물었는데.

훗날 두고두고 설화처럼 전해질 진귀한 일이 벌어진다. 배가 한 번 꿀렁. 뭐야, 괜찮다고? 그리고 또다시 크게 한 번 꿀렁. 남들도 다 느끼는 태동이라지만 그건 정말 타이밍도 무빙도 완벽한 초청이었다고. 틈새로 엿본 행복은 앞으로 켜켜이 쌓일 고통조차 모조리 상쇄할 만큼 그와 나를 절대적으로 사로잡았다고. 문제는 삼지 않으면 더 이상 문제가 아니라고. 나의 태동을 그가 똑같이 감각할 수 없는데도, 그것은 생물학적으로도 물리적으로도 불가능한 일이었는데 우리는 동시에 촉수에 쏘인 것처럼 같은 황홀에 빠졌다.

내친김에 킥보드 타고 가볼까? 그거 알아? 미연 언니 아들이 네 살인데 걔가 자기보다 킥보드 잘 타. 부럽네, 요즘엔 킥보드 잘 타는 사람들이 가장 부러워. 제 몸 하나 올리고 굴리는 킥보드부터 어려워 죽겠는 그에게 무려 아기를 태우고 안전하게 굴려야 하는 유아차는 그 어떤 것보다 진 빠지는 물건이 될 수도 있었다. 그날 이후, 킥보드를 기가 막히게 잘 타는 네 살짜리가 타던 유아차를 얻기 위해 그는 더 열심히 체력을 키워야 했다. 퇴근 후의 긴 산책은 그의 체력 단련으로 바뀌었다. 잘한다, 내 잘생긴 새끼! 이두, 전완, 삼각, 대흉근. 산책 말미에 들르는 운동장 구령대에서 방석을 깔고 앉아 제로콜라를 홀짝이며 활력 있게 움찔거리는 그의 이런저런 근들을 구경하는 재미가 쏠쏠했다.

인생이 뭐, 원래 뭐, 문제투성이지 뭐. 그러다 그와 눈이 마주치면 괜히 머쓱해져서 메롱을 한다. 문제에게도 메롱, 약을 올려본다.

*

미연 언니는 빵을 좋아했다. 할머니 손에 자라서 그런지 밀가루 맛 잔뜩 나고 기름에 튀기는 빵들이 그렇게 맛있다며 케이크나 파이류보다는 단팥빵, 꽈배기, 찹쌀 도너츠 같은 클래식한 빵들을 선호했다.

주부들이 문고리 나눔을 할 때 감사의 표시로 식빵을 주고받는다는 이야기를 들은 적이 있다. 식빵으로는 성에 안 찰 것 같아 명장이 운영한다는 유명한 베이커리를 검색해냈다. 언니의 나눔은 무려 디럭스 유아차씩이나 되니까 명장 빵이나 실컷 먹고 살이나 찌라고 현관에 걸어둘 요량이었다. 그런데 하필 기껏 찾아간 베이커리가 명장의 컨디션 저하를 핑계로 굳게 닫혀 있었다. 그렇다고 프랜차이즈 식빵을 사기에는 자존심이 허락하지 않았고, 결국 일곱 정거장 떨어진 곳의 차선책을 선택했다.

택시 타면 오 분 컷인데, 나 혼자 다녀올까? 나의 제안에 그가 말했다. 자기가 맛있는 빵을 고를 수 있겠어? 제대로 된 빵을 구하기까지 우리는 또 한참을 지체하고 말았다. 선이의 어린이집에서 가족 행사가 있다기에 특별히 고른 날짜였다.

— 그럼 그 시간에 갈게. 유아차 문 앞에 내놔줘.

— 나 없을 때 오겠다고?

— 그게 문고리 거래의 핵심 아니야?

— 얼씨구, 그래 세 시 전까지 꼭 가져가라. 우리 세 시에 끝나니까.

너는 왜 그 언니분한테만 그렇게 심술맞게 굴어? 그 언니분께서도 나한테만 심술맞거든. 구시렁거리며 발걸음을 재촉해봤지만, 내가 낼 수 있는 속력에는 한계가 있었다. 유아차를 수거해 엘리베이터에 탄 시각이 이미 세 시 십 분이었다. 유아차는 디럭스라는 수식어가 아깝지 않게 내구성이 훌륭했다. 거친 보도블록에도 흔들림 없이 잘 나갈 것 같았다. 과연 유아차계의 세단답군, 실물로 체감한 언니의 호의에 마음이 조금 누그러졌다. 하나 내 마음과 별개로 그의 문제는 유아차가 고급이라고 해서 쉽게 해결될 종류의 것은 아니었다. 나는 그의 반응을 조심스럽게 살폈다. 여기에 꼬물이가 탄다는 말이지? 잔뜩 긴장한 얼굴이었지만 두려움은 엿보이지 않았다.

아기 없는 유아차에 가방을 올려놓고 주변을 천천히 돌아보기로 했다. 신도시의 대단지 아파트에는 유아차를 끌고 걷는 부부가 많았다. 걷다 보니 이제 막 행사를 마친 풍경의 어린이집이 보였다. 어린이집이네, 미연 언니랑 선이도 저기 있겠다. 내 말에 그도 어린이집 쪽으로 시선을 포갰다. 괜히 마주치기 싫으니까 돌아서 가자. 그의 팔을 잡아끄는데 어쩐 일인지 그가 꿈쩍도 하지 않았다.

갑자기 기분이 이상한데. 심장이 빨리 뛰어. 그가 보인 이상 증세에 나는 드디어 올 것이 왔다고만 생각했다. 역시 무리구나. 디럭스고 자시고, 디럭스 할아버지가 와도 우아하게 유아차나 끌고 다닐 팔자는 안 되겠구나. 핸들을 넘겨받기 위해 손을 뻗는데 그가 난데없이 포효하듯 외쳤다. 아 씨, 저 바퀴 새끼가!

그가 유아차 핸들에 올려진 내 손을 거칠게 뜯어냈다. 그동안 연마해온 그의 팔 근육이 이 순간만을 기다렸다는 듯 모든 힘을 출력해 세단급의 유아차를 밀어냈다. 유아차는 혈혈단신 빠르게 건널목을 가로질렀다. 단 몇 초의 간격을 두고 상황은 종료되었고, 그 일련의 소란을 이해하는 데 오히려 더 많은 시간이 걸렸다. 이윽고 놀란 아이들의 울음소리가 터졌다. 어른들은 두 손으로 입을 막았다. 우는 아이 중에 선이가 있었고, 입을 막은 어른 중에 미연 언니가 있었다.

대형 에어바운스와 파티용품을 회수한 포터는 후진을

할 참이었다. 포터의 뒤로 나란히 주차해둔 킥보드에 올라탄 남자아이 셋도 출발할 준비를 모두 마쳤다. 그 누구도 눈치채지 못했지만 그의 눈에는 포터의 바퀴가 불길한 짐승처럼 비쳤고, 트럭의 사나운 뒷발질이 아이들에게 닿기 전 그 찰나의 순간 눈앞에 놓인 아직은 온순해 보이는 유아차를 희생양으로 바칠 수밖에 없었다.

자신이 친 것이 유아차라는 사실을 알아챈 운전자는 곧 죽을 것 같은 얼굴로 비틀거리며 운전석에서 내려왔다. 나는 다급히 건너가 유아차에 실린 것이라고는 내 에코백이 전부라고 외쳐 사람들을 안심시켰다. 운전자는 그 자리에 주저앉았고, 건너편 인도에는 나의 그가 털썩 자리에 내려앉았다. 하마터면 누군가의 생에 관여할 뻔한 두 남자는 약속이라도 한 듯 최대한 몸을 낮춰 땅에 가까이 붙어야 했다. 대신 지켜보던 자들이 천천히 아주 천천히 움직이기 시작했다.

실시간으로 분주해지는 사람들을 제치고 선이를 들쳐안은 미연 언니가 그에게 걸어갔다. 나를 지나쳐 곧장 길 건너편으로 건너간 언니가 그와 눈을 맞추고 무어라 말했고, 그는 와하하 웃음을 터뜨렸다. 원래가 울상으로 웃는 사람인 줄 알았는데 저렇게도 웃을 수 있었구나, 그의 모습이 새삼 낯설었다. 포터 운전자와 어린이집 관계자들이 처참하게 흩뿌려진 유아차 잔해를 수습했다. 그 어떤 흔적도 남기고 싶지 않은 마음으로 하나가 된 그들의 손길은 일사불란했다.

자꾸만 용수철처럼 튕겨나가는 선이의 손을 붙잡고, 나

와 그는 어린이집 놀이터의 작은 벤치에 몸을 붙이고 앉았다. 네가 그렇게 킥보드를 잘 탄다며? 그가 선이에게 물었다. 꼬마는 대답 대신 몸으로 증명하려 들다가 미연 언니에게 따끔하게 혼이 났고, 결국 그날의 두 번째 울음을 터뜨렸다.

언니가 아까 뭐라고 했는데 그렇게 웃었어?

엉엉 우는 선이를 보며 배시시 웃는 그는 내 질문을 듣지 못한다.

언니가 뭐라고 했냐고.

팔을 꼬집자 그제야 그가 드문드문 대답을 이어간다.

과연,이라고.

뭐라고 했다고?

과연, 구르는 것들이 문제네요.

꿀렁.

내 안에 또 다른 생, 발을 구른다.

에버그로잉
더블그레이트
아파트

김슬기

이현은 냉동실에서 버터를 꺼내 도마에 올려두고 적당한 크기로 자르기 위해 애썼다. 꽝꽝 언 버터는 영원히 잘리지 않을 것처럼 버티다가 쩍 하고 통나무 쪼개지는 소리를 내며 작은 덩어리로 조각났다. 달궈진 프라이팬에 던져 넣은 버터는 순식간에 녹았다. 이현은 그 위에 이틀 전 택배로 받은 '국산 반건조 조미 오징어입' 스무 알가량을 쏟아부었다.

오징어입은 외곽의 낡은 빌라에서 월세로 살 때 정욱과 자주 구워 먹던 술안주였다. 가장자리부터 서서히 익어가는 둥근 오징어입을 보며, 이현은 신축 아파트에 입주하기 위해 고생했던 지난 일 년을 떠올렸다. 계약금과 중도금을 내기 위해 하나씩 해지하다 결국엔 모조리 없앤 적금. 그럼에도 잔금을 치르기에는 터무니없이 부족한 돈을 은행에서 빌리기 위해 각자의 상환 능력을 과장해서 입증해야 했던 시간들. 그 시간 동안 둘은 자주 다퉜다. 오래도록 함께 행복하게 지낼 집을 찾으려다 영영 이별할 뻔한 적이 한두 번이 아니었다.

이현은 프라이팬 손잡이를 단단히 쥐고 가스불 위에서 밀고 당기기를 반복했다. 부드럽게 굴러다니는 오징어입을 본 이현의 미간이 금세 찌푸려졌다. 작은 생물의 눈알 같기도 한 그 모양에 적응되는 날이란 쉽게 올 것 같지 않았다. 이현은 뒤집개를 들며, 정욱이 오징어입 버터구이를 처음 이현에게 건네며 했던 말을 작게 따라 해보았다. 뼈에 붙은 살이 가장 맛있는 거야. 정욱은 이빨을 제거하지 않은 오징어입을 '뼈에 붙은 살'이라고 불렀다. 그러고는 대여섯 알의 오징어입을 입에 넣고, 몇 번 오물거리더니 새의 부리 같은 오징어 이빨을 잘도 뱉어냈다. 사랑이 별거인가, 좋아하는 음식을 나눠 먹는 사이인 거지. 정욱은 그날 이현과의 결혼을 결심했다고 자주 이야기했지만, 이현에게 그 순간은 아무리 곱씹어봐도 그리 낭만적이지 않았다. 하얀 접시에서 일제히 자신을 노려보던 그 눈 같은 입의 시선을 피해, 이현은 정욱의 뒤로 점점이 피어나던 검은 곰팡이꽃을 바라본 기억만 선명했다.

냉장고에서 맥주 두 캔을 꺼내 식탁에 올려두었을 때 현관에서 비밀번호 누르는 소리가 들렸다. 이현은 알맞게 구워진 오징어입을 접시에 옮기기 위해 프라이팬을 기울였다. 그때 한 알이 바닥으로 떨어졌다. 탄성이 있는 공처럼 높게 튀어 오른 오징어입은 깨끗한 바닥에 기름 자국을 내고는 손이 잘 뻗치지 않는 냉장고 틈으로 굴러 들어갔다. 이현은 잠시 몸을 숙였다가 휘청할 정도의 어지럼증을 느꼈다. 토할 것처럼 메스꺼운 증상도 뒤따라왔다. 주저앉아 숨을 고르는 이현을 발견한 정욱이 다가왔다.

"또 어지러워서 그래?"

이현이 느리게 고개를 끄덕였다. 새집으로 이사 오고 얼마 지나지 않아 어지럼증이 시작됐다. 먹은 것을 그대로 토하고 몇 날 며칠 물도 제대로 마시지 못하는 때도 있었다. 처음엔 입덧이 아닐까 생각했다. 마침 이현의 생리가 예정일보다 며칠 늦어져 둘은 약국에 가 임신테스트기 네 개를 샀다. 결과는 모두 한 줄이었다. 이현은 리본 달린 선물 상자에 그것들을 담아 옷장 깊숙한 곳에 넣어두었다. 정욱은 이현의 행동이 쉽게 이해되지 않았다. 정욱에게 그것은 그저 소변 냄새를 풍기는 막대일 뿐이었다.

"아파트 대출 원금에 이자만 해도 빠듯하잖아. 승진하려면 삼 년은 더 기다려야 하고. 난 오히려 다행이라고 생각해. 우리가 더 안정적인 상태가 됐을 때……."

위로랍시고 건넨 정욱의 말에 이현은 도리어 입을 꾹 다물고 떠오르는 질문을 삼켰다. 온 세상이 휘청거리는 듯한 이 어지럼증은 언제부터 생긴 걸까. 정말 우리 사이에 안정된 시기라는 게 찾아오긴 할까. 삼킨 질문은 이현 안에서 자꾸만 몸집을 불렸다.

정욱은 냉장고에서 마시는 멀미약을 꺼내 이현에게 건넸다. 임시방편이었지만 어지럼증과 메스꺼움을 멈추는 데 멀미약만 한 것이 없었다. 대학 병원에서 정밀 종합검진도 받았지만, 담당 의사는 현재로서는 별다른 이상을 찾기 어려우며 스트레스가 큰 요인일 거라 말했다. 이현은 진찰실에 걸린 액자에 시선을 두었다. 거기에 쓰인 문구를 몇 번이고 속으로 되뇌었다.

여기 들어오는 모든 이에게 평화를.

“멀미약도 내성이 생기는 걸까? 이젠 한 병으론 빨리 낫지 않는 것 같아.”

이현은 멀미약 한 병을 더 마시고 나서야 천천히 몸을 일으켜 식탁 의자에 앉았다. 정욱은 이현의 어지럼증이나 일주일 뒤로 다가온 13회차 대출 상환일에 대해 얘기하는 대신 회사에서 있었던 일들을 떠들기 시작했다. 회사의 대표이사, 그러니까 낙하산으로 가장 높은 자리에 앉은 그가 온갖 실무에 참견하는 것도 모자라 직원들을 대놓고 인격적으로 무시한다는 이야기였다.

“지난달에 새로 들어온 경력직마저 그만둘 눈치던데, 대표이사 때문에 그만둔 사람이 벌써 셋이야.”

정욱의 입에선 이현이 그리 궁금하지 않은 이야기들이 끊임없이 쏟아져 나왔다. 중간중간 깨끗하게 발린 오징어 이빨도 섞여 나왔다. 둘 사이에서 다뤄져야 할 중요한 어떤 것이 완전히 제거된 식탁. 이현은 정욱이 맥주를 들이켤 때 다른 사소한 이야기를 꺼내들었다.

"내일 아파트 커뮤니티룸에서 입주민 대책 회의가 열린대서 가보려고. 단지 내 택배 배송 때문에 말이 좀 많았잖아."

*

"물렁한 아파트가 뭡니까, 물렁한 아파트가. 외부인들 볼까 봐 진짜 안건은 차마 공고문에 게재도 못 했다니까요. 친애하는 입주민 여러분들도 잘 아시다시피 얼마 전 택배 기사 하나가 인터넷에 우리 아파트가 물렁한 아파트라고 말도 안 되는 소리를 지껄였잖습니까. 검증도 안 된 이야기가 퍼날라지고. 입주민 사생활 침해와 안전이 가장 우려되지만, 그런 말도 안 되는 논란 때문에 아파트 가격이 떨어지면 이건 더 큰 문제 아니겠습니까? 입주민들이 더 적극적으로 나서야 한다 이 말입니다, 여러분!"

자신을 대책위원장이라 소개한 101동 2702호는 감정이 격해졌는지 거칠게 숨을 몰아쉬면서 주먹 쥔 손을 높이 들어 올렸다. 마이크에 간섭이 일어나는지 삐 하는 날카로운 소리가 사람들 사이를 파고들었고, 그 소리에 놀라 잠에서 깬 누군가가 느린 박자로 박수를 치기 시작했다. 이내 사람들이 따라서 박수를 쳤고, 예고 없이 퍼붓는 장맛비처럼 박수 소리가 커뮤니티룸을 가득 채웠다. 덩달아 열심히 박수를 치던 이현은 빨갛게 달아오른 손바닥을 매만지며 입주민 대책 회의에 오길 잘했다는 생각을 했다. 정욱과 이현 둘만의 집이라 생각했던 아파트가 어느새 수많은 전우와 함께 지키는 거대한 요새처럼 느껴졌다. 어디서 쳐들어올지 모를 적들로부터 이곳을 안전하게 지키기 위해 공동의 힘을 모으는 낯설고도 나쁘지 않은 기분. 대책위원장의 제안에 따라 이제 현관문 바로 앞에서 택배를 받아볼 순 없게 되겠지만, 이현과 정욱의 전부이자 입주민 전체의 전부인 우리의 아파트를 지키는 일은 그 어떤 불편을 감수하고서라도 반드시 해내야 하는 임무가 되었다.

이현은 휴대전화를 꺼내 '에버그로잉더블그레이트'를 검색했다. 검색창 가장 첫 페이지엔 이현도 익숙하게 봐왔던 기사 제목들이 눈에 띄었다.

재개발 12구역, EG건설 아파트 들어선다.
철근 들어간 아파트 시대 완전히 저무나?

EG건설 대표, "아파트는 거대한 유기물과 같아야"
세월 흐를수록 더 견고해지는 아파트 신기술 글로벌 포럼에서 발언 화제!

'에버그로잉더블그레이트' 철근이 필요 없는
미래 지향적 최첨단 시공 기술 적용한 아파트 성공적 입주 완료

수도권 지진으로 아파트 외벽 균열 속출!
EG건설의 철근 없는 아파트만 실거래가 1억 이상 상승

EG건설은 혁신적인 시공 기술을 들고 나타난 혜성 같은 기업이었다. 포트폴리오가 될 만한 시공 이력이 있는 것은 아니었지만, 대기업으로부터 거대 자본을 투자받아 세련된 마케팅을 펼쳐 첫 아파트 단지 건설에 성공했다. 철근을 전혀 사용하지 않는 특수 소재의 아파트, 시간이 흐를수록 낡아가는 것이 아니라 오히려 더 견고해지는 특수한 아파트, 규모 7.0 이상의 지진에도 피해가 없는 아파트, 홍수나 화재 등 재해의 위험으로부터 완전히 벗어난 아파트. 말 그대로 '완벽한' 아파트였다. 부동산 전문가들은 앞으로 유일하게 매매가가 오를 아파트로 '에버그로잉더블그레이트'를 꼽았다.

EG건설은 첫 아파트 단지 바로 옆 용지를 서둘러 매입해 '에버그로잉더블그레이트' 2호 건립 소식을 알렸다. 청약은 사상 최대의 경쟁률을 기록했다. 이현은 다자녀, 신생아 특공에는 해당되지 않아 가점이 가장 낮은 '배우자 청약통장 기간 합산 인정' 항목에만 체크했다. 청약 당첨자 발표일에 이현은 예비 286번을 받았다. 당첨까진 어렵겠다고 생각했지만, 예상보다 많은 사람들이 계약을 포기했다. 예상 분양가보다 35퍼센트나 오른 최종 분양가 때문이었다.

계약서를 쓰던 날 정욱은 아파트 매매를 다시 한번 생각해보는 것이 어떠냐고 물었다. 찜찜하다는 것이 이유였다. 이현은 나중에 태어날 아이를 생각해 부동산 가치의 상승 잠재력과 아파트의 입지 조건 등을 면밀히 살펴야 한다고, 아직 오지 않은 미래를 내세우며 의견을 굽히지 않았다. 그건 이현이 절대 양보할 수 없는 조건들이었다.

이십 년 전, 이현의 부모는 가게 보증금에서 일부를 빼 새 아파트 잔금을 치렀다. 남의 집에 살지 않아도 된다며 즐거워하던 그들의 얼굴에 그림자가 진 건 입주한 지 일 년이 채 되지 않은 때였다. 이미 입주가 완료된 유명 건설사의 아파트 가운데 몇몇 단지에서 철근이 절반 가까이 누락된 채 지어졌다는 보도가 연일 뉴스에서 터져 나왔다. 곧 이현이 살던 아파트 지하 주차장에도 보기 흉한 보강철근 기둥이 세워졌다. 계절이 바뀔 때마다 아파트 외벽엔 눈에 띌 정도로 큰 금이 갔고, 그 위에는 미묘하게 다른 색의 페인트가 덧입혀지곤 했다.

우리 아파트마저 뉴스에 나오는 날엔 정말 끝나는 거야. 이현의 부모는 딸에게 수상한 사람을 만나면 아파트에 관해 아무 말도 하지 말라고 입단속을 시켰다. 어린 이현은 약속을 잘 지켰지만, 어른들은 그렇지 않은 모양이었다. 방송에 이현이 자주 오가던 길과 익숙한 아파트가 나왔다. 헬멧을 쓴 사람들이 아파트 단지에서 자주 보였고, 뉴스에서는 이 아파트가 '무너지지 않은 게 기적'이라며 연신 떠들어댔다. 이현은 그날 이후로 새 소파에서 팡팡 발을 구르며 뛰는 일을 멈췄다. 이현의 동생이 될 뻔한 존재와 작별한 것도 이쯤이었다.

이현에게 미래를 약속할 아파트가 필요한 건 그런 기억

때문이었다. 내 집을 갖고서도 더 가난해지는 기분을 느끼지 않는, 아이를 낳아 키우기에 부족함이 없는 그런 아파트에 살고 싶었다. '에버그로잉더블그레이트'는 그 조건에 맞는 집이 분명했다.

"쇼하고 있네."

휴대전화 화면에 시선을 고정한 채 이런저런 생각에 잠겨 있던 중, 뒤에서 들려온 낯선 목소리에 이현은 화들짝 놀랐다. '물렁해도 너무 물렁한 E아파트, 어느 택배 기사의 외침'이라는 기사를 찾아 막 누른 참이었다. 바로 뒷줄에 앉은 여자가 몸을 앞으로 바짝 당기고서는 이현의 휴대전화 화면을 들여다보고 있었다.

"물렁한 걸 물렁하다고 하지. 택배 기사가 틀린 말을 한 것도 아닌데 말이야."

여자는 부러 목소리를 낮추지 않는 듯 보였다. 이현이 대신 주변의 눈치를 살폈다. 여자의 말은 실내에 울려 퍼지는 '옳소' 하는 말들과 박수 소리에 금세 묻혔다. 이현은 빠르게 기사를 훑으며 스크롤을 내렸다. 제보자는 중진동 일대에서 일하는 택배 기사로 이상하게 'E아파트'에만 들어서면 현기증이 나고 심한 경우 구토까지 일었는데, 다른 곳으로 가면 말끔히 괜찮아졌다고 했다. 그는 그 사실을 E아파트 관리실에 조심스럽게 이야기했는데, 다음 날부터 해당 택배사의 차만 출입이 제한되었다. 택배 기사가 쓴 최초의 글은 '택배 차 막아놓고, 택배는 받고 싶은 구토 유발 아파트'라는 제목으로 여러 온라인 게시판에 퍼져나갔고, EG건설의 신기술과 유기물 재료에 의문을 품은 기자가 그 글을 발견해 심층 취재 후 기사를 쓴 것이었다. EG건설이 보내온 답변서엔 의료계와 과학계의 권위 있는 전문가들이 내놓은 의견이 실려 있었다. 건설 측면으로는 아무런 이슈가 없다는 것이 요점이었고, 택배 기사 개인의 업무 스트레스가 원인일 거라는 분석이 이어졌다.

"그렇지 않아도 요즘 택배 받는 일이 두 배는 더 늘었는데, 아주 귀찮게 됐어. 참, 자기는 속 괜찮아?"

"아 네, 저는 멀미처럼 울렁거리고……. 어, 그런데 어떻게?"

"토하고, 밥도 못 먹고?"

이현은 고개를 끄덕이며 여자를 살폈다. 파마머리를 야무지게 틀어 올려 집게 핀으로 고정시킨 여자는 오십 대 중반 정도로 보였다. 여자가 움직일 때마다 진한 화장품 냄새가 풍겼고, 몸통을 가릴 만큼 큰 쇼퍼백을 잃어버리기라도 할세라 꽉 끌어안은 채였다.

"자기, 넥스트파마시 알지?"

넥스트파마시는 영양제나 생활용품 따위를 파는 꽤 알려진 다단계 회사였다. 여자는 가방 지퍼를 살짝 열더니 주먹보다 작은 약통 하나를 꺼내 비밀스레 건넸다.

"내가 넥스트파마시 우리나라에 들어올 때부터 시작했잖아. 지난해까지는 크리스털이었는데, 지금은 루비. 이게 한국에서는 안 파는 건데 내가 미국 본사 매니저 한 명을 잘 알아서 겨우 들여오잖아. 울렁거리는 증상 없애는 데 딱이거든. 멀미가 별거 아닌 것 같아도 계속되면 몸이 축나. 그러다 사람 잡는 거야."

이현은 어정쩡하게 약통을 받아 들었다.

"살려고 아파트에 왔지, 죽으러 온 사람이 어딨어?"

번영, 발전, 오해의 종식, 죽음을 불사한 투쟁 같은 말들이 커뮤니티룸을 가득 채웠다. 박수가 터져 나왔다. 대책위원장은 공연을 끝낸 트로트 가수처럼 마이크를 가로로 쥐고, 사람들을 향해 허리를 숙여가며 인사했다. 이현은 '라이프밸런스'라 적힌 약통을 손에 쥔 채 커뮤니티룸을 빠져나왔다. 정가에서 10퍼센트 특별 할인된 가격, 21만 6천 원을 김경숙에게 홀린 듯이 이체한 뒤였다. 아파트 단지 내 도로를 지나기 전, 이현은 그제야 약통에 붙은 라벨을 들여다보았다. 조악하게 붙여진 라벨의 성분 표시란엔 비타민 B1, D, A 따위의 익히 알고 있는 글자들이 가득했다.

*

처음 보는 입주민에게서 검증도 안 된 영양제를 덥석 사 왔냐며 타박하던 정욱은 퇴근한 뒤 가장 먼저 라이프밸런스를 찾았다. 그동안 이현에게 말은 못 했지만, 정욱은 집에만 오면 가벼운 불안 증세를 겪었다. 정확한 이유를 모른 채 버텨온 시간이었다. 그런데 라이프밸런스를 먹고 나서부터는 그런 증상이 거짓말처럼 사라졌다. 퇴근 후 집으로 돌아오는 일이 휴식처럼 느껴졌고, 이현과의 관계도 어느 정도 회복되는 듯 보였다. 아파트로 이사 오고 나서 한 번도 느껴보지 못한 안정감이었다. 대표이사의 흉을 보거나 다음 날 스케줄 정도를 공유하던 식탁 위에 앞으로 두 사람이 함께하고 싶은 일들에 대한 목소리가 오갔다. 내년엔 이 집에서 아기와 살아도 좋겠어. 정욱이 먼저 얘기를 꺼냈고, 이현도 조용히 고개를 끄덕였다.

한 사람 몫이었던 라이프밸런스는 두 사람이 먹자 보름만에 바닥을 보였다. 이현은 지난번에 받아두었던 김경숙의 명함을 찾아 전화를 걸었다.

"입소문이 퍼져서 다른 단지 사람들까지 라이프밸런스 찾느라 난리야. 재고가 얼마 없기도 하고."

김경숙은 라이프밸런스의 인기를 필요 이상으로 길게 말했고, 이현은 그것을 더 이상 특별 할인이 적용되지 않는다는 의미로 받아들였다. 그럼 24만 원 보내드리면 되죠? 이현이 콕 집어서 묻자 김경숙은 한층 경쾌해진 목소리로 맞다고 대답했다. 전화를 끊고 24만 원을 이체하자 곧바로 메시지가 왔다. 김경숙네 동호수와 배달은 하지 않으니 직접 찾아가라는 내용이 적혀 있었다. 이현은 겉옷을 걸치고 서둘러 밖으로 나섰다.

203동까지 가는 지름길은 단지 내 놀이터를 가로질러야

했다. 입주 전 분양 안내책자에서 이현이 눈여겨보았던 것 중 하나가 바로 이 놀이터였다. 아이들의 움직임과 충격을 인식하는 스마트 고무바닥, 미세먼지 차단벽, 온열 시스템과 실시간 모니터링 카메라까지. 거기에 다른 브랜드 아파트 놀이터의 세 배 이상 되는 크기와 스웨덴에서 수입했다고 알려진 최고급 놀이 기구는 신혼부부나 아이가 있는 가정의 관심을 끌었다.

"아줌마, 삐삐 못 봤어요?"

텅 빈 놀이터 이곳저곳을 돌아다니던 아이가 이현을 불러 세웠다. 이현은 아이가 이끄는 대로 놀이터 안쪽 화단 근처로 향했다. 아이가 손가락으로 가리킨 곳엔 작은 새 둥지가 보였다. 아이는 삐삐라는 새가 일주일이 넘도록 보이지 않는다고 했다. 놀이터에서 만날 수 있는 유일한 친구였는데 이제 자기는 완전히 혼자가 되었다고 울먹였다.

"아줌마가 봤을 때 삐삐는 멋진 곳으로 여행을 간 것 같아."

"집이 여기에 있는데도요?"

빈 둥지를 바라보는데 이상하게 조바심이 났다. 아이에게 삐삐가 보이면 꼭 알려주겠다는 약속을 하고 이현은 서둘러 놀이터를 가로질렀다. 빈 둥지 앞을 서성이던 아이는 커다란 원통형 놀이 기구 안으로 몸을 숨겼다. 쫓기듯 걸음을 옮기는 이현의 뒤로 작은 새 우는 소리가 아득하게 울려 퍼지는 듯했다.

203동 3001호 현관문은 한 뼘쯤 열려 있었다. 입구에서부터 물비린내가 진동했다. 현관 복도부터 거실 벽면까지 크고 작은 수족관들이 집 안을 가득 채우고 있었다. 이현은 수족관의 규모에 비해 물고기의 수는 그리 많지 않다고 생각하며, 깊은 바닷속을 헤매는 사람처럼 더듬거리며 걸었다.

"멋지네요. 아쿠아리움에 온 것 같아요."

이현은 부엌에 선 김경숙을 향해 마음에도 없는 소리를 했다. 김경숙은 이현의 말에 긍정도 부정도 하지 않고 라벨지 색이 조금씩 다른 각종 영양제를 정리하고 있었다. 식탁으로 다가간 이현에게 김경숙은 영양제의 각기 다른 효능들을 늘어놓았다. 골밀도 증가, 면역체계 회복, 항암, 불로장생 등. 넥스트파마시에서 나온 영양제만 잘 챙겨 먹어도 세상 모든 병원이 망해 없어질 거라 했다. 라이프밸런스의 효과를 보기 전에 이런 말을 들었다면 여자를 사기꾼 취급했을지도 모른다. 하지만 이현은 머릿속으로 얼마쯤 여유 자금이 있는지 헤아렸다. 돈만 넉넉했다면 식탁에 놓인 영양제들을 골고루 하나씩 사고 싶었다.

"우리 엄마가 올해 여든이잖아. 내가 일찍부터 넥스트파마시 활동을 해서 크게 몸 아픈 데 없이 지내셨는데 치매가 왔네. 자기도 뇌가 얼마나 복잡한 미지의 영역인지 알지? 근데 지금 넥스트파마시에서 난다 긴다 하는 개발자들이 모여서 다 DNA 노화에만 매달려 있거든. 평생 젊게 사는 날이 올 거야. 두고 봐, 머지않아 기억도 지배하는 날이 올 테니까.”

이현은 마른침을 삼키며 막 환갑을 지난 양가 부모를 떠올렸다. 영양제 네 통이면 대략 월급의 삼분의 일이었다. 그들은 아직 젊고 건강했다. 당장 두 사람 몫의 영양제를 사는 것만도 벅찬 상황이었다. 더 먼 미래에 찾아올 일까지 대비하기에는 여력이 없었다. 이현은 예약해둔 라이프밸런스 한 통을 주머니에 집어넣었다.

“난 꿈을 이뤘어.”

부엌 쪽 수족관에 사료를 넣던 김경숙이 말을 이었다.

“수조 무게가 어마어마하거든. 게다가 수조가 깨졌을 때 누수 문제도 그렇고. 다른 아파트였다면 상상도 못 했을 규모로 내 세상을 만든 거야.”

이현은 기계적으로 고개를 끄덕이며 정욱과 자신이 이곳에서 이루게 될 꿈은 무엇일지 떠올리려 했다. 꼬르륵거리는 물소리가 이현과 김경숙 사이에 이따금 생기는 정적을 채웠다.

“요 작은 녀석들이 플래티거든. 번식력이 엄청나. 깨끗하게 관리하면서 적당히 수온을 맞춰주기만 해도 금세 개체수가 불어나지. 그런데 어느 날부터 물고기가 하나씩 줄어. 새끼를 낳지도 않고, 성어들이 감쪽같이 사라지는 거야. 방에서 가만히 잠자고 있는 엄마를 깨웠어. 엄마한테 내 수조에 있는 물고기 잡수셨냐고 다그쳤지.”

이현은 등이 굽고 비쩍 마른 노인이 알록달록한 관상어

한 마리를 건져 산 채로 입에 넣는 모습을 상상했다. 멀미가 시작되는 것처럼 속이 울렁거렸다. 아까 챙겨둔 라이프밸런스의 포장지를 벗겨 급하게 알약을 삼켰다.

"그런데 문제는 우리 엄마가 요양 병원에 가 있는 동안에도 그랬다는 거야. 물고기에 발이 달린 것도 아닌데 자꾸 사라져. 채워도 채워도 계속 사라지는 거야. 기억을 잃는 건 우리 엄마가 아니라 내가 아닌가 싶었어. 엄마도 떠나고 물고기도 사라지고. 자꾸 중요한 것들이 사라져. 이러다 내 삶에 빈 수조가 있는 이 아파트만 덩그러니 남을 것 같아 불안한 거지. 이 영양제들이 아니었다면, 나는."

넥스트파마시 지금 집에 있는가. 현관 너머로 김경숙을 찾는 목소리가 들려왔다. 김경숙은 들어오라고 대답하며 식탁 아래 놓아둔 박스를 집어 들었다. 박스 겉면에는 삐뚤빼뚤한 글씨로 '브이아이피'라고 적혀 있었다. 이현이 왔을 때와는 다른 밝은 얼굴을 한 김경숙이 다음 손님을 맞이했다.

*

폭풍우로 거센 파도가 치는 바다, 이현은 거대한 화물선 갑판 위에서 이리저리 흔들렸다. 기둥을 꽉 붙잡았지만, 배가 전복될 수도 있다는 위기감이 엄습해왔다. 끝을 알 수 없는 검은 구름에서 굵은 비가 쏟아졌다. 커다란 파도가 배 위를 거세게 때렸다. 크게 휘청이는 배에서 이현은 어느 때보다 간절히 살고 싶다는 생각을 했다. 지금 상황에서 그럴 수 있는 방법은 없는 것 같았지만, 이현은 한 번도 믿어본 적 없는 신에게 빌었다. 살려달라고. 그때였다. 번쩍이는 빛이 하늘을 가득 채웠다. 고개를 들어 본 하늘에는 여덟 개의 다리와 두 개의 긴 촉수를 꼿꼿이 편 거대한 오징어가 보였다. 족히 10미터는 될 법한 이 거대 오징어는 캄캄한 하늘에서 유일하게 빛나고 있었다. 잠깐의 비행을 마친 오징어는 커다란 물결을 일으키며 바다 표면과 부딪혔다. 커다란 파도가 다시 한번 배를 덮쳤다. 거꾸로 처박힌 오징어의 다리 사이에서 이현은 새의 부리 같은 뾰족한 이빨을 가진 둥근 그것을 똑똑히 보았다. 무어라 말을 거는 것 같기도 한 그 입을 이현은 한동안 바라보았다.

극심한 멀미 증상을 느끼며 잠에서 깼다. 꿈에서 빠져나왔는데도 여전히 배 위에 있는 것처럼 울렁거렸다. 이현은 화장실로 뛰어가 간밤에 먹었던 것을 모두 게워냈다. 위산 때문에 목이 타들어가는 것만 같았다. 차가운 물과 함께 식탁에 놓아둔 라이프밸런스를 집어삼켰다. 메스꺼움은 쉽게 가라앉지 않을 것 같았다. 맑은 공기가 간절했다. 깊은 잠에 빠져 있는 정욱을 바라보다 현관문을 열고 밖으로 나섰다.

엘리베이터를 기다리는 동안에도 어지럼증이 일었다. 메스꺼움 때문인지 벽마저도 물렁하게 느껴졌다. 막연한 불안감이 피어올랐다. 눈을 질끈 감고 영양제의 효과가 빨리 돌기를 바라는 것이 이현이 할 수 있는 전부였다. 단지를 크게 반 바퀴쯤 돌았을 때, 이현은 동쪽 출입문 가까이에 열 명 남짓한 사람들이 모여 있는 것을 보았다. 새벽 두 시가 훌쩍 넘은 시간이었다. 이현은 슬며시 무리 쪽으로 다가갔다. 그 중심에는 유니폼을 입은 관리소장과 커뮤니티룸에서 봤던 대책위원장이 있었다. 이현을 본 대책위원장은 잠시 말을 멈추었다가 목소리를 더 낮춰 입을 열었다.

"관리소장님, 적어도 같은 배를 탄 입주민들에게는 무슨 일이 일어나고 있는지 진실을 얘기해줘야 대책을 세울 것 아닙니까."

"다시 한번 말씀드리지만, EG건설은 최고 수준의 전문가들과 함께 개선점을 찾고 있습니다. 지난번 결과 보고서도 보셨다시피 멀미 증상이 일시적이며 건강에 치명적 해를 끼치지 않는다는 내용이 있으며, 안심하고 기다려주시면……."

"관리소장님은 이 아파트에 안 사니까 그런 말이 쉽게 나오시는가 본데, 매일 속이 울렁거려서 아주 살 수가 없다고요. 그래요, 이 증상도 일시적인 것이라 칩시다. 지금은 쉬쉬하고 있지만 소문이 퍼지면…… 전 재산을 털어 넣은 이 아파트가……."

대책위원장은 목이 메는 듯 말을 잇지 못했다.

"재차 말씀드리지만, EG건설의 수준 높은 기술과 해외 유명 대학 교수진들을 자문단으로 둔 전문팀이 입주민들의 의견을 귀담아듣고 있으며, 일시적 현상에 대한 근본적 대책을 마련하고…….”

반복되는 대화에 사람들이 하나둘 자리를 떴다. 마지막까지 있던 대책위원장도 ‘일단은’ 아파트 전체를 위한 대의만을 생각하겠다며 한숨을 쉬다 걸음을 옮겼다. 더 많은 입주민이 모이는 3차 대책 회의가 오는 주말에 열릴 예정이었다. 매일 속이 울렁거려 살 수가 없다는 대책위원장은 아마 그 자리에서 아파트의 멀미 증상이 오해이자, 택배 기사가 만든 유언비어라고 외쳐야 할 것이다. 사람들은 박수를 치고, 김경숙은 영양제를 팔아 판매 실적을 올려 루비에서 다이아몬드가 되겠지. 관상어도, 새도 떠난 아파트에 남은 사람들은 메스꺼움과 불안을 껴안고 언제까지 일시적이라 불리는 증상을 겪으며 살아야 할까. 진실을 말하지 못하는 사람들이 사는 아파트. 관리소장의 뒷모습을 바라보다 이현도 발걸음을 옮겼다.

북쪽 출입문 근처에 이르렀을 때, 이현은 발에 무언가 기분 나쁘게 밟히는 느낌을 받았다. 조심스럽게 휴대전화 플래시를 켰다. 작은 나뭇잎인 줄 알았던 것은 납작하게 밟힌 관상어였다. 주홍빛 줄무늬를 가진 꼬리. 김경숙의 집에서 보았던 것과 비슷했다. 단지는 프리미엄 아파트만 맡는 청소업체에서 깨끗하게 관리하기로 유명했다. 한낮에는 떨어진 휴지 조각 하나 찾아보기 힘들었다. 이현은 플래시로 바닥 이곳저곳을 비추어보았다. 바닥에는 떨어져 있지 않아야 할 것들이 뭉개지거나 부서진 채 놓여 있었다. 작은 새의 사체,

부서진 달팽이 집, 배를 뒤집고 죽은 벌과 개미 떼……. 그것들은 성인 보폭으로 두 걸음에 하나씩 긴 줄을 이루고 있었다. 해가 뜨면 말끔하게 치워지게 될 것들. 이현은 한때 살아 있던 것들이 만든 길을 따라가야 한다는 생각에 사로잡혔다. 이 길의 끝에 진실이 숨어 있을 것만 같았으니까.

입주민 출입금지 구역, EG건설의 사유지입니다.

아파트 중앙 제어실은 북문 담장 너머에 있었다. 단지 조감도나 시설 안내도에는 표기되어 있지 않은 단지 밖 공간이었지만, 이름만큼은 '중앙'이었다. 무엇을 제어하는지 어떤 역할을 하는지 알려진 것은 없었다. EG건설의 사유지라는 이유를 들어 철저하게 출입이 금지된 구역이었다. 이현은 중앙 제어실 근처를 기웃거렸다. 굳게 닫힌 문 뒤로 푸쉭 푸쉭 하는 기계음과 빕빕빕 소리를 내는 전자음이 작게 새어 나왔다. 이따금 무겁고 느리게 물을 가로지르는 듯한 소리가 섞여드는 것 같기도 했다.

얼마나 시간이 흘렀을까. 삼엄한 보안 장치가 설치된 문이 열렸다. 두 사람이 밖으로 걸어 나왔다. 그들은 나오자마자 하얀 방진복을 반쯤 벗어 허리춤에 걸쳐둔 뒤 흐르는 땀을 닦았다. 그중 한 사람이 안주머니에서 담배를 꺼내 다급히 불을 붙였다. 이현은 빠르게 그늘진 쪽으로 숨어들었다.

"완공 일 년이 넘었는데 아직도 성장기라니. 여름휴가는 언제쯤 갈 수 있을까요."

"저번에 기사 하나 난 것 때문에 본사에서도 예민한 상태야. 나도 갖고 있던 주식 처분할 뻔했다니까. 다행히 홍보팀에 빵빵하게 자금 조달해서 없던 일처럼 넘어간 것 같다만. 그것 땜에 관리팀은 충원 안 해주는 거 아닌가 몰라."

"3호 단지는 다음 주쯤 청약 들어가던데. 혹시 모르니 넣어둘까요?"

"넌 이 꼴을 보고도 여기서 살고 싶냐. 아직 애 없지? 애 낳을 생각 있으면 안 되지. 절대 안 되지."

남자가 뱉어낸 담배 연기가 공중에서 부스스 흩어졌다.

"참, 본사에서 급속 냉동 장치 단계 올리라던데요. 일정 수준 이하로 녹으면 입주민 멀미 증상이 심해진다고. 그런데요, 계장님. 기분 탓인지 모르겠는데 낮에 출근할 때 보니까 아파트 외관이 좀 흘러내린 것 같기도 한데."

"냉동 단계 올리면 관리비가 두 배는 나올 텐데. 눈에 보이는 관리비 고지서보다 멀미 민원이 낫지 않나? 본사 것들은 현장에서 일 안 해봐서 모르는 거야. 어차피 물렁하니 어쩌니 하는 건 아파트 가격 떨어질까 벌벌거리는 입주민들이 알아서 막을 거고, 진짜 문제는 보려고도 하지 않을 텐데."

"몇몇 단지에서 밸런스인가 뭔가 하는 영양제가 멀미에 효과가 있다고 입소문이 난 모양이던데요. 유명한 다단계 회사에서 나온."

계장이라 불리는 사람은 상대의 마지막 말에는 긍정도 부정도 하지 않고 코웃음만 쳤다. 그는 다시 방진복을 머리 끝까지 뒤집어썼다. 존댓말을 쓰던 사람도 그를 따라 서둘러

방진복의 지퍼를 올렸다. 이현은 라이프밸런스를 먹은 지 한참이 되었는데도 여전히 메스꺼움을 느끼고 있다는 사실을 깨달았다. 방진복을 입은 사람들이 보안 카드를 갖다 대자 문이 열리면서 꿈에서 본 듯한 밝은 빛이 쏟아져 나왔다.

무거운 출입문은 느린 속도로 닫혔고, 안쪽에서는 물이 출렁이는 듯한 소리가 들려왔다. 이현은 내부를 보기 위해 손차양을 하고는 눈을 부릅떴다. 눈이 시리도록 하얀 벽과 얼음처럼 반짝이는 바닥이 보였다. 그 차가운 공간을 가로지르는 두 사람 너머로 커다란 수조가 보였다. 수조 안에 무언가가 움직였다. 열기구처럼 크고 둥근 그것은 반으로 갈라져 열렸다가 다시 닫히며 물을 밀어냈다. 처음 보는 기괴한 형체였지만, 이현에게 그것은 익숙하게 여겨졌다. 저게 뭐였더라. 딱, 소리를 내며 문이 닫히고 나서야 이현은 그것이 무엇과 닮았는지 알아차렸다. 버터와 설탕을 넣고 정욱과 구워 먹던 그 입이 분명했다.

빛이 사라진 곳에는 더 많은 어둠이 쏟아져 들어왔다. 한 치 앞도 분간하기 어려웠다. 손을 뻗어 벽을 짚으며 더듬더듬 걷기 시작했다. 걸을 때마다 발에 무언가 밟히는 것 같았다. 밟히는 것들이 정확히 무엇인지는 구태여 확인하고 싶지 않았다. 피곤했다. 잠시 숨을 고르며 걸음을 멈췄을 때, 담장 너머로 재개발을 앞둔 빌라촌이 보였다. '에버그로잉더블그레이트'의 세 번째 단지가 들어설 곳이었다. 재개발은 시기상조라며 반발했던 주민들이 내걸었던 '결사반대' 플래카드가 곳곳에서 낡아가고 있었다. EG건설에서 제안한 이주비, 손실 보상비, 지원금, 우선 분양권 지급은 파격적인 수준이었고 죽음도 불사하겠다는 사람들의 마음을 순식간에 돌려놓았다. 그저 사람이 살지 않을 뿐인데 건물은 빠른 속도로 부서지고 낡아갔다. 휘어지고, 끊어지고, 녹이 슨 철근이 군데군데 앙상한 겨울 가지처럼 뻗어 있었다. 이 모든 것이 허물어지면 사람들이 꿈에 그리던 아파트가 들어설 것이다. 세월이 흐를수록 더 견고해지는 아파트, 매매가가 우상향 곡선만을 그리는 아파트. 어떻게든 삶을 살아내려는 사람들이 아이러니하게도 목숨을 걸고 지키게 될 그런 아파트가.

이현은 중앙 제어실이 있는 북쪽과 정욱이 잠들어 있는 남쪽 106동과 담장 너머의 빌라촌을 번갈아 보았다. 라이프밸런스의 효과가 전혀 듣지 않는 밤. 이현은 울렁이는 속을 부여잡고 크게 숨을 들이마셨다가 내쉬었다. 지금까지의 멀미와는 완전히 다른 기분. 이현은 불규칙한 자신의 생리주기를 손으로 꼽아가며 헤아렸다. 설마. 형체가 없는 생각들이 마구잡이로 뒤섞였다. 돌아가야 할 곳으로 돌아가선 안 될 것 같다는 생각이 자꾸만 머릿속을 파고들었다. 그렇다면 어디로 가야 한단 말인가. 이현은 전복될 것처럼 크게 요동치는 배 위에 있던 꿈에서처럼 담장을 두 팔로 꽉 붙들었다. 어떡하지. 이현은 아무도 듣지 못할 혼잣말을 했다. 뾰족하게 만든 입술을 어떻게 할 도리 없이 그저 달싹이기만 했다.

러브버그물풍선
폭탄사태

임희강

계단을 두 칸씩 오르던 창수는 주춤했다. 또다시 놈들이 쌓여 있었다. 흡사 콘크리트 무늬 같기도 한 검은 무리의 녀석들은 러브버그 사체 더미였다. 날이 점점 더워지는데 뭐가 좋다고 바짝 붙어 떼로 죽어 있다. 터진 풍선에선 물이 흘러나왔다. 누군가 러브버그 사체와 물을 풍선 안에 넣어 가게 입구에 던진 것이었다. 처음엔 어린아이의 장난이라 생각했지만, 반복되는 일을 그냥 넘어갈 수만도 없었다. 창수는 곧 사태의 심각성을 깨달았다.

이건 누군가의 저주다. 그것도 정성 가득한 저주가 분명했다. 그 누군가는 매일 러브버그 사체를 찾아 밖으로 나선다. 낙엽을 쓸 듯 벌레 사체를 그러모아 목 잘린 페트병에 담고 집으로 가져온다. 잘 터지는 얇은 재질의 풍선을 골라 물과 러브버그 사체를 적당량 주입하고 공기를 채워 넣는다.

풍선 입구는 좁으니 그 과정에선 깔때기를 이용했을지 모른다. 그렇게 만든 여러 개의 풍선 폭탄은 범인의 품에 안겨 조심스레 가게 앞으로 배달된다. 운반은 차나 킥보드를 탔을 것이다. 아니면 도보를 이용해 접이식 카트를 밀었을지도 모른다. 어떤 방법으로든 풍선을 가게 앞까지 운반한 범인은 분노나 희열에 차서 러브버그 풍선 폭탄을 던졌을 것이다. 이 과정을 머릿속으로 그리던 창수는 의문을 가졌다. 그러다 하나쯤 자기 발밑에서 터질 수도 있는데 그때의 수고는 어떻게 감당하고 있을까?

증오는 또 다른 형태의 애정이라는 말을 떠올리며 창수는 물 묻은 러브버그 사체를 플라스틱 빗자루로 박박 긁어냈다. 물이 다 마르기까지 기다리면 쓸기가 더 쉽겠지만, 가게 오픈 시간을 맞추려면 선택지가 없었다. 창수는 범인이 아주 치밀한 사람이라는 걸 다시금 깨달았다. 어떻게 해야 창수가 더 괴로울지를 정확하게 계산한 사람이었던 것이다.

도대체 어디부터 잘못된 걸까. 창수는 최근 갈등을 빚은 몇몇 사건을 떠올렸다. 가장 먼저 생각난 건 손님으로 왔던 중년 여자와의 일화다. 여자는 기본 만두 여섯 알을 주문했고, 창수는 금방 그것을 내줬다. 여자는 국그릇도 하나 추가로 줄 수 있는지 물었고, 창수는 조금 큰 앞접시가 필요한 거라 생각해 친절하게 가져다줬다. 이상함을 감지한 건 얼마 지나지 않아서였다. 분명 그냥 만두를 주문한 여자가 만둣국을 먹고 있었다. 앞접시용으로 사용하는 줄 알았던 국그릇엔 진짜 국이 담겨 있었다.

창수는 곧 무슨 일이 벌어지고 있는지를 파악했다. 테이블엔 여자가 가져온 보온병이 보였다. 여자는 자신만의 육수를 담아와 가게에서 시킨 만두와 섞어 만둣국을 제조해 먹고 있었다. 창수가 편의상 제공한 김가루와 깻가루도 야무지게 올린 채였다. 문제는 여자가 밥을 먹고 있는 장소가 그녀의 집이 아닌 창수네 가게라는 거였다. 창수네 가게는 만둣국을 별도 메뉴로 판매 중이었다.

그게 왜 문제죠?

문제 제기를 했을 때 여자는 눈을 동그랗게 뜨고 물었다. 그녀는 이전에 창수네 가게에서 만둣국을 시켜 먹어본 적이 있다고 했다. 미안하지만 육수가 자기 취향이 아니었다고, 그럼에도 만두만은 또 생각날 정도로 괜찮았기에 일부러 다시 찾아온 것인데 이런 식의 대접은 불쾌하다고 했다. 돈을 지불하고 만둣국을 사 먹는 손님도 있기에 직접 가져온 국에 만두만 넣어 먹는 걸 허락해주긴 어려웠다. 좋은 말로 타일렀지만, 여자는 내내 기분이 나빴는지 결국 먹던 만둣국을 직접 주방 싱크대까지 와서 보란 듯이 버리곤 가게를 나갔다. 계산은 하지 않은 채였다.

그 일로 앙심을 품은 여자가 다시 찾아와 러브버그 폭탄을 뿌렸을까? 여자는 결국 원하는 바를 다 이뤘다. 만둣국도 얼추 다 먹었고, 본인의 의사대로 돈도 내지 않았다. 아직까지 분을 풀지 못했다는 건 납득하기 어려웠다.

창수는 최근 계산대에서 실랑이를 벌인 젊은 남자를 떠올렸다. 앙심이라면 차라리 그가 품는 게 더 합리적이었다. 남자는 기본 만두와 새우만두를 섞어 주문했고, 총 칠천 원이 나왔다. 남자는 그걸 오천구백 원과 천백 원으로 나눠서 계산해줄 수 있는지 물었다. 전자는 카드로 계산하고, 후자는 지역 화폐를 이용한다는 것이었다. 창수는 그게 무엇을 의도하는지 알았다. 최근 일부 카드사에서 결제된 금액 가운데 백 원 단위를 포인트로 적립해주고 있었다. 단 오천 원 이상 결제에만 해당되며 하루 한 건만 적립이 가능했다. 카드로 칠천 원을 결제하면 적립되는 금액이 없고, 지역 화폐로 칠천 원을 결제하면 칠백 원만 할인이 됐다. 남자가 제시한 대로 나눠서 결제할 경우 구백 원이 적립되고, 백십 원이 할인되니 가장 이익률이 컸다.

문제는 이런 사례가 너무 많아진 것이었다. 최근 카드사에서는 인위적인 분할 계산을 자제해달라는 권고까지 내렸다. 창수는 권고에 따라 분할 계산은 협조해드리기가 어렵다고 말했다. 남자는 소비자의 권리를 보장해주지 않는다며 공정거래위원회에 제소하겠다고 으름장을 놓았다. 아무리 생각해도 그건 카드사와 해결할 일이지 동네 만두 가게에 따질 일은 아니었다. 창수는 고개를 갸웃거렸고, 남자는 지역 화폐로 칠천 원을 한 번에 결제하고 가게를 나섰다. 그가 마지막으로 남긴 말은 '두고 봅시다'였다.

젊은 남자가 일부러 러브버그 사체를 모아 보란 듯이 버리고 간 걸까? 겨우 몇백 원 때문에? 어쩌면 돈은 중요한 게 아닐지 모른다. 남자는 지키려던 가치를 훼손당했다. 그런데 그 가치라는 건 애초에 남의 가치를 밟지 않고는 지켜낼 수 없는 거였다. 그런 것도 온전한 '가치'라고 할 수 있는지 창수는 궁금했다.

남자는 퇴근 후 저녁을 사러 온 직장인처럼 보였다. 직장인이 그 바쁜 평일 출근 시간대 만두 가게를 찾아 벌레 폭탄을 터뜨리고 가는 건 현실적으로 불가능하다. 그럼 도대체 누구일까. 누가 창수를 사랑에 가까울 만큼 증오하며 이따위 시위를 벌이고 있을까.

CCTV는 확인했어?

인혜가 물었다. 인혜는 아이를 장모님 댁에 맡기고 점심시간과 주말에만 가게로 나와 일손을 덜어주고 있었다. 러브버그 풍선 폭탄을 가장 먼저 발견한 사람도 바로 인혜였다.

밖엔 없어.

창수가 말했다. 가게 CCTV는 내부에 설치된 두 대뿐이었다. 건물 CCTV는 건물주의 재량으로 설치하는데, 확인한 결과 그런 것은 없다는 게 만복의 설명이었다. 만복은 이 건물 소유주로 삼 년 전 창수와 임대차계약을 맺었다.

편의점에 물어보면?

인혜가 다시 힘주어 물었다. 창수는 알 수 없는 불길함을 느꼈다. 전에 국수 가게를 운영할 때도 비슷한 일이 있었다. 그때는 레시피를 따라 했다는 소문에 휘말렸다. 물론 사실이 아니었다. 시즌 메뉴인 콩국수의 콩물에 참깨를 갈아 넣는 게 문제가 됐는데, 그건 이미 퍼질 대로 퍼진 레시피였다. 하지만 같은 골목에 위치한 프랜차이즈 분식집은 그들이 특허 신청을 낸 레시피와 같다는 이유를 들어 창수네 가게에 주기적으로 찾아왔다. 더 구체적으로는 거기서 일하던 아르바이트생이 연락도 없이 그만두곤 창수네로 옮겨갔는데, 마침 그때를 기점으로 창수네 콩국수 맛도 변하기 시작했다는 것이었다. 말도 안 되는 의심이었지만, 소문이 짙어질수록 손해를 보는 건 창수였다. 점점 주민들의 발길이 끊겼고, 어쩌다 들어와도 불편한 기색을 내비치기 일쑤였다. 몇몇 손님은 '진짜 따라 하셨어요?' 대놓고 묻기도 했다. 창수는 하는 수 없이 얼마 안 가 시즌 메뉴를 콩국수에서 막국수로 바꿨다. 창수는 그때 깨달았다. 누군가의 원한을 산다는 건 내내 피곤하고 아프기까지 한 일이었다.

인혜 말대로 바로 옆 건물 편의점에 부탁하면 범인을 잡을지도 모른다. 편의점들은 보통 입구를 포함해 최소 네다섯 대의 CCTV를 설치해두곤 한다. 망설이는 창수를 대신해 며칠 후 인혜가 편의점에 들러 사정을 말하고 CCTV 화면을 보여달라고 했다. 다행히 편의점 사장은 같이 장사하는 입장에서 무슨 도움이라도 주고 싶어 했다.

며칠 후 수십 개의 CCTV 영상을 넘겨받은 두 사람은 눈이 빠지도록 화면을 살폈다. 창수가 출근하는 9시 직전 시간을 집중적으로 돌려 봤다. 출근 시간대 사람들은 대체로 비슷한 차림이었다. 가벼운 소재의 블라우스나 셔츠에 낮은 채도의 하의를 받쳐 입어 영상만으로 누군가를 특정하기는 쉽지 않았다. 어떤 재료를 넣어도 참기름, 마늘, 소금 간을 하면 비슷한 맛의 만두소가 되는 것처럼 영상 속 사람들에게선 비슷한 향이 났다. 창수는 만두소에 잘못 섞인 백태콩을 솎아내듯 최대한 집중력을 잃지 않으려 노력했다.

얼마나 시간이 흘렀을까. 마침내 창수는 CCTV 화면 속 반질한 백태콩 하나를 찾아냈다. 출근을 서두르는 사람들 사이로 머리가 희끗한 노인 한 명이 자전거를 타고 지나갔다. 초여름 날씨가 무색하게 꽁꽁 싸맨 복장이었다. 8시 47분. 자전거 짐받이에 고정시킨 바구니에는 동그라미 형체의 무언가가 여러 개 보였다.

이거 정만복 사장님 아니야?

먼저 눈치를 챈 쪽은 역시 인혜였다. 의식을 하고 보니 영상 속 실루엣이 익숙하게 느껴졌다. 다른 날의 영상을 더 탐색하자 같은 시간대에 똑같은 차림을 한 남자가 여러 번 발견됐다. 그중엔 자전거를 타지 않고 끌고 가는 날의 모습도 담겨 있었다. 계속 보다 보니 남자의 걸음걸이가 영락없이 만복의 것이었다.

창수는 믿을 수가 없었다. 얼마 전까지도 CCTV 얘기를 나누던 만복은 최근 창수가 무슨 일을 겪고, 누굴 쫓는지 정확히 알고 있다. 정말 그가 가게 앞에 찾아와 풍선을 터뜨리고 간 걸까.

그제야 몇몇 사건이 떠올랐다. 만복은 최근 창수에게 임대료 인상을 요구했다. 지금 월세의 세 배에 달하는 금액이었다. 만복은 건물터가 좋은 덕분에 장사가 잘되고 있는 거라고 생색을 냈다. 일정 부분 맞는 말이었다. 만복의 건물이 위치한 곳은 살짝 구석지긴 하지만 대체로 번화가에 속했다. 가격도 보증금 이천만 원에 월세 팔십만 원으로 입지에 비해 저렴한 편이었다. 자영업자라면 누구나 탐낼 만한 조건이었다. 그 자리가 몇 년째 공실이었던 사실만 제외한다면. 창수는 이 부분을 언급하지 않을 수가 없었다.

처음 계약을 할 때 건물은 비어 있다 못해 황폐한 수준이었다. 얼마 동안 세입자가 들어오지 않은 건지 물어봤지만, 부동산 중개인은 구체적으로 햇수를 알려주지 않았다. 중간에 돈가스 가게와 중국집이 들어오려 했지만, 벽에 기름때가 생길 것을 걱정해 만복이 거절했다는 말만 전할 뿐이었다. 그게 정말 만복이 거절을 한 건지, 무언가 꺼림칙한 게 있어 임차인들이 들어오지 않은 건지 창수로선 알 길이 없었다. 홀로 고민이 깊어질 때쯤 만복이 직접 전화를 걸어왔다. 그의 첫마디는 '걱정할 필요가 없다'는 것이었다. 기름때는 핑계였을 뿐 그는 더 중요한 걸 보고 있다고 했다.

만복은 반짝 장사하고 끝낼 사람들은 아예 들이지 않는다고 했다. 성실하고 정직하게 일하는 임차인을 원했는데, 마침 계약 과정에서 확인한 창수의 경영 철학이 마음에 쏙 들었다고 했다. 처음 만난 날 만복은 가게 홍보를 위해 방송국 피디들을 소개해줄 수 있다고 제안했다. 으스대는 소리였지만 아예 허풍은 아니었다. 만복은 간접적으로 아는 지인이 몇 명 있었고, 그 정도의 전화를 하는 것쯤 어렵지 않았다. 정작 만복을 주춤하게 한 건 창수의 대답이었다.

미어터지는 건 원하지 않습니다.

창수는 감당 못 할 정도로 손님이 밀려 들어오는 건 원하지 않는다고 했다. 그는 이번 가게를 열기 전 시범적으로 만두를 빚어보며 깨달은 바가 있었다. 만두피가 손바닥만 한 크기라고 해서 손바닥만큼 만두소를 담을 수 있는 것은 아니었다. 그 절반 어쩌면 절반에도 못 미치는 공간만 채울 수 있었고, 나머진 피가 반으로 접히며 밀리는 공간을 염두에 두고 비워두는 게 맞았다. 모든 건 정량이 중요하다. 창수는 손님도 마찬가지라고 생각했다.

다른 이유로는 만복의 관심이 불편한 것도 있었다. 창수는 만복이 가게 운영에까지 관여하려드는 것이 반갑지 않았다. 국수집 사건 이후로 창수는 외부인의 사소한 말도 예민하게 느꼈다. 미어터지는 건 가게 얘기기도 했지만, 창수 내면의 여유를 말하는 것이기도 했다. 당시 창수의 내면은 만복의 이유 없는 호의까지 받아들일 만큼 넉넉하지 않았다.

그런데 만복은 그날 창수의 거절을 좋은 의미로 받아들여 관리비까지 조정해주었다. 창수는 결국 고민 끝에 계약서에 사인을 했다. 비록 공실 기간은 길었지만, 임대인이 호의적이기에 들어와서 장사만 잘하면 옮겨 다니지 않고 가게를 꾸준히 운영할 수 있을 거라는 판단이 들었다. 정량을 꼭 맞춘 창수의 만두는 입소문을 탔고, 동네에서 소소한 맛집으로 자리 잡았다. 만복의 욕심만큼 사람이 미어터지는 정도까지는 아니어서 가게의 모든 영역이 창수의 역량에 맞게 잘 관리되고 있는 점도 장점이었다.

그렇기에 창수는 가게의 성공이 온전히 건물터에 기인했다는 말에는 동의할 수 없었다. 설사 동의한다고 해도 월 임대료를 세 배나 인상하는 것은 법이 허락하지 않았다. 창수는 법대로 월세는 5퍼센트만 인상할 수 있다고 말했고, 만복은 자기 건물을 마음대로 관리할 수 없다는 것에 볼멘소리를 했다. 그게 끝이었다. 만복은 월세를 5퍼센트만 인상한다는 내용의 계약서에 흐지부지 서명했다. 창수는 분명 모든 게 잘 끝났다고 생각했다.

도대체 왜?

창수는 바로 답을 듣지 못할 걸 알면서도 비명처럼 질문을 입 밖으로 내뱉었다. 처음 가게를 시작할 때 형편이 넉넉지 않아 제2금융권의 신용 대출을 받았다. 처음엔 연 16퍼센트의 금리를 갚는 데만도 허덕였는데, 다행히 이제는 원금도 갚아나가고 있었다. 조금만 더 버티면 돈 벌 일만 남았다고 생각했는데 또 다른 악재를 만난 것이었다. 창수는 일이 더 커지기 전에 무슨 수를 써서라도 사태를 수습해야 한다고 생각했다. 휴대전화를 꺼내 만복의 번호를 눌렀다.

CCTV 봤습니다.

만복이 한 짓이 있으니까 이 정도의 말로도 알아들을 거라 생각했다. 하지만 오산이었다. 만복은 창수의 말을 자기 건물에 CCTV를 설치했다고 오해해 버럭 화부터 냈다. 창수는 옆 가게 CCTV를 봤으며 거기에 만복이 찍혀 있었다는 말을 직접적으로 꺼냈다.

증거 있어?

만복은 자초지종을 듣기도 전에 증거부터 찾았다. 꼭 화면 속 인물이 무슨 일을 했는지 알고 있는 것 같은 말투였다. 그렇지 않고서야 당황하기는커녕 저토록 당당하게 증거부터 내놓아라 할 순 없었다. 창수는 기세에 밀려 결국 전화를 끊었다. 만복이 아닐 가능성이 아예 없는 건 아니었다. 이렇게 된 이상 현장을 덮쳐 제 눈으로 범인을 확인하는 수밖에 없었다.

며칠 후 창수는 어두운 색 옷을 입고 가게 근처에 잠복했다. 경찰을 부르고 싶었지만, 경찰들은 이 정도 일에 적극적으로 움직여주지 않았다. 파출소에서는 법으로 해결하기에 앞서 당사자끼리 먼저 합의를 해보라며 창수를 다독였다. 조수석엔 처가에 아이 등원을 맡기고 온 인혜도 함께였다.

나 걸스카우트 출신이야.

걱정하는 창수를 보며 인혜가 비장하게 말했다. 인혜의 목에는 사선으로 접힌 스카프가 야무지게 묶여 있었다. 두 사람은 차에 앉아 말없이 건물 입구를 노려봤다. 시간은 막 8시를 넘겼다. 러브버그 무리는 여전히 지나가는 행인들의

옷에 들러붙어 걸음을 방해했다. 사람들은 러브버그를 쫓기 위해 사방으로 고개를 흔들고 손을 휘저었다.

끝까지 가는 애들이래.

인혜는 최근 텔레비전에서 곤충 박사가 인터뷰한 걸 봤다고 했다. 러브버그는 짝짓기 비행을 하는 기간이 털파리나 다른 곤충에 비해 더 걸린다고 했다.

그래서 수명이 짧나 봐.

건물에서 시선을 떼지 않은 채 창수가 말했다. 창수가 사는 동네를 벗어나면 근처인데도 러브버그를 보지 못했다는 사람들이 종종 있었다. 러브버그의 번식력은 생각보다 약했지만, 또 걷잡을 수 없는 것도 사실이었다. 올해는 충청도에서 러브버그가 발견된 첫해였다.

그 정도면 사태라고 할 수 있나?

창수는 러브버그에 잠식당한 도시를 언론에서 이야기하는 것처럼 하나의 비상사태나 소요사태로 정의할 수 있을지 궁금했다. 비단 러브버그뿐 아니라 이미 우리 주변에서 걷잡을 수 없이 퍼져나가는 일련의 흐름들이 떠올랐다. 누군가의 원한과 그에 따른 극적인 감정 표출, 손에 잡히는 무엇이든 활용한 테러, 그걸 받아내는 자들의 트라우마를 하나의 특수한 사건이나 상황으로 정의하기엔 확실히 부자연스러운 구석이 있었다. 인혜는 다른 생각을 하느라 창수의 말을 잘 듣지 못했다며 귀를 가까이 댔다. 창수가 별말 아니라고 다시 앞을 주시하는데 익숙한 실루엣이 지나갔다. 자전거 짐받이에 고정된 노란 바구니에서 흔들리고 있는 건 다름 아닌 풍선이었다. 창수가 다급히 인혜에게 손짓했다. 인혜는 바로 휴대전화를 꺼내 녹화 버튼을 눌렀고, 재빠르게 창수의 뒤를 따랐다. 걸스카우트 출신다운 날렵함이었다.

그는 도난을 의식한 듯 건물 입구까지 자전거를 끌고 들어왔다. 비싼 자전거처럼 보이진 않았지만, 가진 물건을 절대 빼앗기지 않는 성향으로 보였다. 절단 방지용 강력 체인을 바퀴에 건 그는 조심스럽게 노란 바구니를 꺼내 들었다. 그가 천천히 계단을 오르기 시작했다. 창수와 인혜는 곧이라도 뛰어 들어갈 자세를 취하면서 유리창에 비친 그의 실루엣을 침착하게 눈으로 좇았다. 중요한 건 현장을 포착하는 것이다. 두 사람은 그가 맘 놓고 문제 행동을 할 때까지 숨죽이고 현장을 바라봤다.

그가 2층 계단참을 돌아 완전히 시야에서 사라졌을 때서야 둘은 조심히 건물 안으로 들어갔다. 아침 햇살이 비쳐 옅은 회색빛을 띠는 계단이 보였다. 창수는 건조한 콘크리트 계단을 지키는 일이 이토록 어려울 줄 이전에는 상상조차 하지 못했다. 두 사람은 얼마 안 가 2층 계단에 다다랐다. 창수는 살금살금 움직여 가게와 이어진 짧은 복도 쪽으로 빼꼼 고개를 내밀었다. 가게 입구에 그가 서 있었다. 그는 이 건물이 익숙한 듯 주변을 크게 경계하지 않았다. 그가 바구니에서 풍선을 꺼냈을 때 창수가 목격한 것은 예상 외로 어떤 분노나 희열이 아니었다. 그를 감싼 것은 오로지 간절함뿐이었다. 그는 잠시 눈을 감고 기도하더니 창수네 가게를 향해 그대로 풍선을 던졌다. 미처 터지지 못한 풍선은 발로 짓밟아 터뜨렸다. 바닥에 처참하게 흩어진 풍선을 본 범인은 잠시 묵념을 하고는 다시 풍선 폭탄을 들어 올렸다. 창수는 인혜 손에 들린 휴대전화를 확인했다. 모든 게 녹화되고 있었다. 더 지체할 것이 없었다. 창수는 성큼성큼 범인 쪽으로 다가가며 말했다.

사장님!

범인이 고개를 돌렸다. 동그란 머리통, 널따란 콧방울, 어쩐지 고약하게 생긴 입매가 보였다. 당연하게도 아는 얼굴이었다. 낯익은 만복의 모습에서 비율만 조금 축소된 사람, 그는 정만섭이다. 육 남매 중 막내인 만섭은 형제 중에서도 만복과 가장 닮은 동생이었다.

도대체 왜?

창수는 다시 같은 질문을 던졌다. 이번엔 만섭이 기대하지도 않은 답을 줬다.

내 걸 안 주니까!

만섭이 물풍선을 내려놓고 바닥에 주저앉았다. 혼란스러운 표정이었다. 창수는 피해자처럼 행동하는 그의 모습에 도리어 말문이 막혔다. 주저앉아야 하는 사람은 만섭이 아닌 창수네 부부였다. 창수와 인혜는 놀란 와중에도 서로에게 무너지는 모습을 보이지 않으려 애썼다. 특히 인혜는 떨리는 다리를 들키지 않으려 바짝 힘을 주고 있었다.

창수는 만복에게 곧장 전화했다. 얼마 지나지 않아 만복이 성난 얼굴로 가게에 도착했다. 형을 본 만섭은 한순간에 철부지 막냇동생이 되어 안 그래도 작은 몸을 콩벌레처럼 더 작게 말았다. 바닥에 고여 있던 물과 러브버그 사체가 만섭의 엉덩이 쪽으로 흘러들었다. 차가운 느낌이 싫었는지 만섭은 그제야 자리에서 일어났다. 창수는 그 모습을 보지 않으려 고개를 돌렸다.

만복과 만섭은 3층짜리 상가를 같이 물려받았다. 건물을 여러 채 가진 부모는 그중에서도 알짜배기에 속하는 이 물건을 가장 믿을 만한 자식과 그렇지 못한 자식에게 같이 상속했다. 분할 상속의 형태는 아니었다. 당시 만섭은 창수네 가게 자리에서 월세를 내지 않고 장사를 하고 있었다. 만섭이 상속받은 것은 그 자리에서 쫓겨나지 않고 원할 때까지 영업할 수 있는 권리였다.

건물 명의는 만복이 단독으로 가지되, 만섭을 내쫓지 못하도록 부속 합의서를 작성하는 것으로 부모는 형제의 상생을 기원했다. 애석하게도 결과는 그렇지 못했다. 불법 도박으로 바깥 생활을 전전하던 만섭은 점점 장사를 등한시하더니 결국 야반도주를 해버린 것이었다. 만복은 한동안 자리를 비워둔 채 동생이 돌아오길 기다렸지만 허사였다. 만섭이 폐업 신고도 제대로 하지 않고, 무책임하게 사라지는 바람에 사업자 등록증과 영업 신고증을 말소하는 데 온 가족이 동원됐다. 한참 후 만복은 그 자리에 창수를 들였고, 가게가 자리를 잡을 즈음에 돈이 다 떨어진 만섭이 제 발로 가게에 돌아왔다. 만섭은 새로 사귄 여자에게 식당을 내줘야 한다고 했다. 이미 제 명의로 대출이 불가해진 만섭은 여자의 명의로 여러 신용 대출을 받았고, 그 대가로 식당 개점을 제안한 것이었다. 자기에게도 이 건물에 대한 권리가 있다는 게 그의 주장이었다.

생떼였지만 만복은 부모님을 생각해 창수를 내쫓으려 노력했다. 임대료 세 배 인상을 요구한 것도 그런 이유에서였다. 그러나 창수가 제 발로 나가지 않는 한 만복이 더 이상 할 수 있는 일은 없었다. 부모가 써줬다는 부속 합의서 역시 만섭의 장사가 존속되는 걸 보장한 것이지 스스로 박차고 나간 자리까지 되찾아주라는 내용은 아니었다. 일이 뜻대로 되지 않자 만섭은 평소 알던 무당을 찾아갔다. 부모 때부터 알고 지내면서 만복의 가족과는 특별한 인연을 맺은 무당이었다. 그는 점사 후 건물에서 부모의 한이 느껴진다고 했다. 꾹꾹 억눌려온 부모의 한을 터뜨려줘야 한다는 것이 무당이 제시한 해결책이었다. '터뜨리라'는 말을 듣고 만섭은 처음에 달걀 정도를 생각했다. 그러던 어느 날, 러브버그 한 쌍이 만섭의 눈을 찔렀고 양 손바닥으로 그것을 터뜨린 만섭은 부모의 한을 이런 식으로 풀어낼 수 있겠다는 생각을 했다.

인혜는 기겁하는 표정을 지었다. 창수는 얘기를 들으면서도 가게 안쪽을 바라봤다. 언제까지 형제의 얘기를 들어줄 순 없었다. 손님이 오기 전에 청소를 하고 배달 온 신선 재료를 냉장고에 넣어야 했다. 창수는 증거 영상이 있으니 다시 이런 일을 하면 가만있지 않겠다고 으름장을 놓은 뒤 두 사람을 돌려보냈다.

그래, 장사 먼저 해야지. 잘했어.

인혜가 탁자를 닦으며 창수를 다독였다. 다소 안일한 대처라고 해도 지금 당장 할 수 있는 건 없었다. 이 상황에서 찜찜한 마음을 달래야 하는 사람도, 오늘분의 장사가 가장 간절한 사람도 바로 창수라는 걸 인혜는 누구보다 잘 알고 있었다. 장사만 계속할 수 있다면 지금까지의 피해는 어느 정도 눈감아줄 수 있었다. 남들에겐 시시하게 보일지라도 이곳은 창수가 마음을 다해 열심히 닦아온 자리다. 창수는 러브버그 사체를 치우며 처음 가게에서 일을 시작했던 때를 떠올렸다.

그가 맡은 역할은 서빙이었다. 소도시 번화가에서 몇 안 되는 룸 형식의 주점이었는데 늘 손님이 넘쳤다. 방이 비워지면 창수는 카트를 밀고 들어가 그릇과 컵을 신속하게 주방으로 옮겼다. 그때 주방 이모가 창수를 예쁘게 봤다. 설거지할 식기를 갖다 놓으면서 물을 튼 녀석은 창수밖에 없다고 했다.

다들 조금만 생각을 하면 알 텐데.

다른 아르바이트생이 무작정 던져 놓은 그릇엔 데리야끼 소스가 말라붙어 있었다. 주방 이모는 그걸 박박 긁어내며 불만스럽게 말했다. 서빙과 주방 업무 사이에는 확실히 경계가 불분명한 부분이 있었다. 창수는 그 경계를 개의치 않고 자기가 할 수 있는 일을 도맡아 했다. 감자튀김이 나가면 케첩 정도는 직접 짜서 내갔다. 홀 청소를 맡게 되는 날에는 하는 김에 주방 바닥까지 닦았다. 주방 이모는 어느 순간 창수를 불러 파를 다듬게 하고, 레토르트 음식의 조리를 맡겼다. 판매용 음식이 기획되고 만들어지는 과정을 지켜보며 창수는 서서히 자기만의 가게를 준비해나갈 수 있었다.

가게의 규모가 커지며 창수는 매니저 일을 맡았다. 인혜를 만난 것도 그때였다. 인혜는 창수 다음으로 경계를 구분하지 않고 일을 도맡는 아르바이트생이었다. 세탁 의류가 많은 날이면 행주나 앞치마 따위를 집으로 가져가 빨아 왔고, 다른 아르바이트생이 펑크를 내면 휴가 중에도 망설임 없이 가게로 나왔다. 사장이 자기의 인복을 흡족해할 때면 인혜는 또랑또랑한 목소리로 꼭 이렇게 말했다.

사장님 아니고 매니저님이요.

지나고 보면 맞는 말이었다. 창수가 일을 그만둔 뒤에 사장과 주방 이모 사이가 급격히 나빠졌고, 인혜마저 가게를 나왔다. 룸 형식 주점의 유행도 저물어가던 때였다. 사장은 곧 가게 문을 닫을 수밖에 없었다.

지금의 만두 가게를 창업하기 전에 두 사람은 결혼했다. 신혼여행은 일본의 이키섬이었는데 인혜가 알아온 여행지였다. 큰돈이 들지 않고 가까우면서도 자연 경관이 아름답고, 땅기운이 좋아 영매들이 찾는 관광지라는 점도 특이하다고 했다. 창수는 그 전까지 해외여행을 가본 적이 없었기에 어디든 좋았다. 두 사람은 후쿠오카 공항에서 하카타 항구로 가 배를 두 시간 정도 타고 이키섬에 닿았다.

섬에 도착한 두 사람은 숙소에 짐을 풀고 곧장 카츠모토 항으로 향했다. 이키섬 안의 또 다른 섬인 타츠노시마를 둘러보기 위해서였다. 이십 분 남짓 배를 더 타고 들어가니 사람들이 한순간에 바다를 가리키며 감탄했다. 인혜와 창수도 그들을 따라 바다로 시선을 돌렸다. 짙은 푸른색에서 청량한 에메랄드 빛으로 바다 색이 바뀌고 있었다. 두 사람은 손을 꼭 잡고 그 진귀한 광경을 실시간으로 지켜봤다. 타츠노시마에서는 약 한 시간을 보냈다. 둘은 해수욕을 하는 대신 '켄의 연못'을 보기 위해 바위에 올랐다. 켄의 연못엔 신비한 설화가 있었다. 가까이 다가서는 순간, 수면에 원하는 이미지가 보이고 그걸 가지려고 손을 뻗으면 그대로 물에 빠진다는 미신이었다. 때문에 일본에서는 미스터리한 힘이 발산되는 장소라는 뜻에서 '심령 스폿'이라 불렸다. 두 사람은 발을 헛디디지 않게 조심하며 층암들을 밟아나갔다. 창수의 뒤를 따르던 인혜가 문득 운을 떼었다.

나중에 괴롭고 힘든 일이 생기면.

창수는 저 멀리 연못에 시선을 두고 있었다. 조금만 더 올라가면 연못을 한눈에 볼 수 있었다. 금방이라도 빠져버릴 듯 투명한 수면을 기대하며 창수는 먼저 높은 바위를 올랐다. 곧이어 인혜에게 손을 내밀었다.

이 순간들을 기억하자.

인혜가 창수의 손을 맞잡으며 말을 마쳤다. 창수는 고개를 끄덕였고, 두 사람은 마침내 같은 곳에 서서 함께 켄의 연못을 내려다보았다. 수면엔 두 사람의 얼굴이 흐릿하게 비쳤다. 그 순간 무언가 신비로운 힘이 주변을 감싸는 느낌이 들었다. 인혜는 이키섬에 오길 참 잘했다고 말하며 웃었다.

타츠노시마에서 나온 뒤 두 사람은 인근의 해안 공원으로 향했다. 곳곳에 현무암이 쌓이고 깎여 만들어진 기암이 자리하고 있었다.

엄청나다.

높이 솟은 기암에 세차게 다가와 부딪는 파도를 보며 창수가 말했다. 창수는 제주도에 가본 적은 없지만, 텔레비전에서 이런 바람과 파도를 본 적이 있었다. 해안을 감싼 현무암도 마찬가지였다. 고속도로나 산에서 봤던 흙색의 단단한 바위들과 달리 구멍이 송송 난 시커먼 현무암은 처음 본 것 같지 않게 친근했다. 창수는 발밑으로 깔린 수만 개의 구멍을 상상하며 즐거워했다. 인혜는 창수의 손을 꼭 잡고, 떨어지면 족히 세 바퀴는 구를 것 같은 높이의 해식 절벽 위를 걷자고 제안했다.

절벽 위 산책로의 초입에서 두 사람은 또 다른 기암 앞에 섰다. 정면으로 휘몰아치는 바닷바람에 머리카락을 정리하던 인혜가 무언가를 결심한 듯 말했다.

다음은 만두 가게로 하자.

그때 창수는 반대쪽에 있는 퇴적암을 보며 페이스트리를 떠올리고 있었다. 고압 프레스에 눌린 듯 찌부러진 형태의 암석이 순간 층마다 결이 나뉜 페이스트리의 단면처럼 보였다. 창수와 인혜는 당시 작은 포차를 빌려 떡볶이와 김밥을 팔고 있었다. 어느 정도 목돈이 마련되어 제대로 된 매장을 열자는 계획을 세우던 차였다. 여러 구상을 하면서 창수는 진작 베이커리 기술을 익히지 못한 것에 아쉬움을 느꼈다. 두 사람이 운영하던 포차 맞은편 빵집에서는 늘 달콤한 냄새가 났고, 짙은 냄새만큼이나 긴 줄이 아침마다 가게 앞을 메웠다.

그 와중에 만두 얘기는 뜬금없었다. 창수는 왜 하필 만두인지 물었다. 인혜는 창수 쪽을 돌아보며 말했다.

덮는 음식이잖아.

힘든 일이 생기면 신혼여행에서의 기억을 떠올려 괴로움을 감춘다는 점에서 인혜는 덮는 요리를 떠올린 거라고 했다. 창수는 차라리 덮밥이 낫지 않겠냐고 웃었다. 인혜는 고개를 저었다.

만두를 닮았어.

인혜가 다시 정면의 기암을 가리켰다. 옆으로 선 고릴라 형태를 하고 있다고 해서 '고릴라 바위'라고 불리는 기암이었다. 인혜의 말을 듣고 보니 고릴라 배에 해당하는 부분이 두툼한 만두처럼 보였다. 바위 위쪽으로 고릴라의 눈과 코에 해당하는 돌출된 부분은 꼭 케첩을 묻힌 만두 같기도 했다. 같이 주점에서 일하던 시절 인혜는 안주로 나가고 남은 만두를 케첩에 묻혀 먹길 좋아했다. 어디선가 달콤한 토마토 냄새가 나는 듯했다. 그 순간 창수는 만두 가게를 창업해야겠다고 결심했다. 인혜 말대로 어떤 형태로든 그때의 감정을 간직하고 싶었기 때문이다.

가게를 시작한 뒤 알게 됐지만, 만두는 품이 많이 드는 메뉴였다. 매일 네 시간은 꼬박 앉아서 꼼짝없이 빚어야 했다. 그런데 정성을 들이는 만큼 성과가 나온다는 점에서 창수와 잘 맞는 아이템이기도 했다. 창수는 만두를 빚으며 다시 신혼여행의 기억을 떠올렸다. 이키섬에서 맞은 시원한 바람과 군데군데 구멍이 나 있던 현무암 절벽이 떠올라 잠시나마 마음에 위로가 됐다. 만두 한 알 한 알에 고릴라 바위가 겹쳐 보여 쿡쿡 웃음이 났다. 만두소의 부추는 이키섬에서 바람에 나부끼던 벼 잎사귀처럼 보였다. 창수는 그것들을 소중하게 어루만졌다. 그렇게 며칠이 더 지났다.

점심 장사가 거의 마무리되고 인혜는 일찍 퇴근한 뒤였다. 갑작스럽게 경찰과 구청 직원 들이 가게에 들이닥쳤다. 만두에 마약이 들어 있다는 신고를 받았다는 것이었다. 누군가 만두소에서 흰색 가루를 발견했다고 구청에 신고했다. 성분 검사가 먼저였지만, 신고자는 그 즉시 만두를 폐기했다고 해 구청으로선 현장 조사를 나오지 않을 수가 없었다고 했다. 창수는 이해하기 어려웠다. 80도 이상 고열로 이십 분 넘게 찌는 만두에서 가루 형태의 무엇이 발견되기란 불가능했다. 구청 담당자에게 이 부분을 강하게 항의했지만, 그들은 어쩔 수가 없다고 고개를 저었다. 최근 들어 마약과 관련된 일은 초장부터 강력하게 대응하고 있다는 게 그들의 설명이었다.

창수는 한숨을 쉬었다. 신고자가 누군지 알 것 같았다. 창수는 구청 직원에게 최대한 조용하고 신속하게 조사해주길 요청했다. 경찰과 구청 직원은 고개를 끄덕였지만, 결국 가게 안은 금세 소란스러워졌다. 오픈 주방인 탓에 조사 현장이 그대로 보였다. 식사 중인 손님들이 수군거렸고, 새로 들어온 손님은 문 앞에서 머뭇거렸다. 창수가 재빠르게 빈 테이블을 가리키며 앉을 곳을 안내했지만, 입구에 선 손님은 주방을 뚫어져라 쳐다보며 놀란 목소리로 물었다.

무슨 일이 있나요?

창수는 뭐라고 대답해야 할지 알 수 없었다.

식사는 하실 수 있어요.

생각한 최선의 답이었지만, 창수 자신조차 그 말에 확신하지 못했다. 구청 직원들이 가져간 식재료와 만두가 얼마나 될지, 이후로 영업은 할 수 있을지 아무것도 알 수 없었다.

다음에 올게요.

결국 손님은 돌아 나갔다. 매장에서 식사를 하던 손님들도 불편해하긴 마찬가지였다. 창수는 이키섬을 떠올려보려 했지만, 아무것도 머릿속에 들어오지 않았다. 위생적으로 만든 만두가 맛있기까지 하다는 걸 증명하는 데에는 수년이 걸

렸어도 마약 때문에 식약처 조사를 받는다는 소문쯤은 반나절 만에 퍼질 수 있는 것이었다. 콩국수는 시즌 메뉴라 뺄 수 있었지만, 메인 메뉴인 만두는 어찌할 도리가 없었다. 한순간에 가게 문을 닫게 될 수도 있는 일이었다. 모든 게 퇴적과 침식의 원리였다. 쌓이는 건 오래 걸려도 깎여나가는 건 한순간이었다. 그게 자연의 섭리라는 건 위로가 됐지만, 창수는 이제 깎이고 부서진 것들을 아름답게만 볼 수 없을 것 같았다.

만섭의 어리광은 끝이 없었다. 더 이상 러브버그 사체를 실어다 나르진 않았지만, 정체 모를 비료나 생쥐 사체 같은 걸 어디서 잘도 구해 가게 앞에 던져 놓았다. 만복은 자신도 동생을 어떻게 할 수가 없다며 창수에게 보상비를 제시했다. 퇴거를 조건으로 한 보상이었다. 창수와 인혜는 그동안 침묵으로 일관했지만, 이미 위기를 감지하고 있었다. 동네 주민들이 많이 사용하는 커뮤니티엔 창수네 가게가 식약처 조사를 받았다는 글이 올라왔다. 얼마 뒤 공교롭게도 마약 투약 혐의로 조사를 받은 힙합 가수의 SNS에 창수네 것으로 추측되는 만두 사진이 업로드되면서 의혹은 재차 증폭됐다. 언젠가 타츠노시마의 물빛이 실시간으로 옅어진 것처럼 가게에서는 하루가 멀다 하고 손님들이 뚝뚝 떨어져나갔다. 그러던 중 일이 터졌다.

따로 판 것 같아.

학부모 모임에 다녀온 날, 인혜는 마음을 다잡으려 애쓰는 목소리로 말했다. 같은 반 학부모들이 인혜를 빼고 새로운 단체 채팅방을 연 것 같다고 했다. 인혜 없이 그들이 은밀히 공유하고 싶어 할 만한 정보는 하나밖에 없었다. 소문을 둘러싼 이웃들의 눈총이 어른을 넘어 아이에게까지 뻗치고 있었다. 아이는 전처럼 자유롭게 친구 집에 드나들지 못했다. 동네 엄마들이 의기투합해 떠나는 주말여행에도 끼지 못하는 경우가 늘어갔다. 주민들은 창수와 인혜가 어떤 잘못을 했을 수 있다는 가능성을 전제로 그들의 아이가 가진 자질을 의심했다. 또 그 자질이 자신의 아이에게 끼칠 악영향을 염려했다. 인혜는 어떤 경우에서든 아이를 지켜야 한다고 말했다. 창수는 이번에도 반박할 말이 떠오르지 않았다.

장마가 늦어지는 바람에 한동안은 러브버그 출몰이 이어질 거란 뉴스가 들렸다. 창수는 흘러내리는 땀을 머릿수건으로 훔쳐내며 마감 청소를 하고 있었다. 최근 판매량이 줄어든 탓에 식자재 관리에 애를 먹었다. 주문량을 아무리 줄여도 재료가 소진되지 않아 신선 제품은 금세 시들기 마련이었다. 창수는 그럴 때면 과감하게 식재료를 폐기했다. 가게 사정이 어려워도 원칙은 고수해야 했다.

만복의 연락을 받은 건 숨이 죽은 채소를 음식물 쓰레기 봉투에 꾹꾹 눌러 담고 있을 때였다. 정확히는 만복이 아닌 만복의 의뢰를 받은 변호사였다. 계약 내용과 피해 상황을 전달받았다며 창수를 민사상 채무자로 지목했다.

연체 이력이 있네요.

변호사가 낮은 톤의 목소리로 말했다. 입점 초기에 월세와 관리비를 제때 내지 못한 적이 있었다. 만복은 당시 너그럽게 이해했다. 이제 와서 계약 조건 위반을 운운하는 건 무리가 있었다. 창수의 말에 변호사는 그건 법원이 판단할 문제라고 했다. 간단히 훑어서도 이 정도인데 사건이 제대로 진행되면 진흙탕 싸움이 될 게 뻔했다. 그리고 그 싸움은 공짜가 아니었다. 창수는 그렇게까지 하면서 자리를 고집하는 게 현실적으로 맞을지 고민했다. 만에 하나 패소할 경우 만복의 소송 비용은 창수가 보전해야 한다.

보상금 제시받으셨죠?

창수의 침묵이 길어지자 변호사는 답이 정해진 질문을 던졌다. 주먹에 잔뜩 힘을 준 탓에 들고 있던 음식물 쓰레기 봉투가 기어코 터지고 말았다. 쓰레기봉투 옆면으로 길쭉한 파 뿌리가 삐져나왔다. 창수는 급하게 테이프를 찾다 그만 맥이 빠져 아무것도 하지 못했다. 시들어빠진 채소들이 찢어진 틈으로 걷잡을 수 없이 터져 나왔다.

며칠 후 만복과 만섭, 창수와 인혜가 한자리에 모였다. 영업시간이 끝난 만두 가게에서는 냉장고 돌아가는 소리만 들렸다. 창수는 자리에 앉아 내일 받을 식재료 가운데 빠뜨린 것은 없는지 생각했다. 그러고 보니 양파가 다 떨어졌다. 내일 문제없이 장사를 할 수 있을지 걱정이 됐다.

자, 대충 정리는 됐는데.

만복이 입을 열었다. 사전에 어느 정도 조율이 되어 있는 자리였다. 만복이 보상비를 제시했고, 창수는 받아들일 의향이 있었다. 분위기가 괜찮다면 거기서 이사 비용 정도를 더 달라고 요구해볼 예정이었다. 조금 더 덧붙인다면 만섭이 한 짓의 개별적인 피해 보상금을 별도로 청구해본다. 모두 합하면 새로 가게를 시작하기에 넉넉하진 않아도 부족함은 없는 금액이었다. 그럼에도 당연히 쫓겨나는 입장이 유쾌하진 않았다.

우리 막내가 여태 철이 없어 미안하오.

만복이 말했다. 이후 팔삭둥이로 태어나 자라는 내내 형제들에 치여 서럽게 살아온 만섭의 스토리가 이어졌다. 만복은 동생의 존재가 밉다가도 이놈이 내내 정신을 못 차리고 사는 데엔 자기 탓도 있는 것 같아 마음이 편하지 않다고 했다. 눈물 나는 우애였다. 창수는 싱크대 쪽을 바라보며 가만히 고개를 끄덕였다. 아침에 양파 반 망을 싱크대 밑 보관함으로 따로 빼놓은 기억이 났다. 그 정도면 내일 장사는 충분히 버틸 수 있을 것이다. 만복은 본격적으로 미리 작업해 온 서류를 내밀었다. 임대차계약 종료 합의서와 만섭의 행동에 대한 보상 합의서였다. 창수는 내용을 꼼꼼히 살피는 척하다 이사비 명목으로 합의금을 올려줄 수 있는지 물었다. 만섭이 바로 불쾌한 내색을 했지만 만복이 저지했다. 만복은 이해한다는 표정을 지으면서도 이 정도로 챙겨주는 임대인도 많지 않다며 차분히 창수를 타일렀다.

맞는 말이다. 땡전 한 푼 받지 못하고 쫓겨나는 임차인들이 여전히 많았다. 그에 반해 창수는 보상금으로 비교적 넉넉한 상황에서 다음 장사를 준비할 수 있게 됐으니 고마운 일이다. 이 사태를 겪고도 고맙다고 생각하는 스스로에게 창수는 피식 웃음이 났다. 인혜가 옆구리를 찔렀다. 만복은 이쯤에서 그만 정리하자며 도장에 인주를 묻혔다.

옆에 A시 아시죠?

만복이 합의서에 도장을 찍으려 할 때 창수가 물었다. 잠시 정적이 흘렀다. 창수는 다시 말을 이었다.

저희는 거기서 만났습니다.

창수는 자신이 그곳에서 얼마나 성실히 일했는지 상세히 설명하기 시작했다. 열심히 일한 창수가 누군가의 눈에 들어 주방 레시피를 익혀 매니저가 된 과정과 인혜에 대한 이야기가 이어졌다. 창수는 인혜가 타인을 위해 일할 줄 아는 아르바이트생이었으며, 두 사람은 성실함을 무기로 열심히 살 것을 다짐하며 결혼에 이르렀다고 했다. 장사는 과일빙수 가게로 시작해 국수 가게로 이어졌는데, 레시피 논쟁에 휘말려 억울하게 시즌 메뉴를 없애야 했다. 그 뒤로는 작은 포차에서 떡볶이와 김밥을 팔며 차근차근 경험을 쌓아나갔다. 여러 시련 속에서도 부부는 서로 의지하며 지금까지 잘 살아왔다. 결혼식도 겨우 치를 만큼 자금 사정이 넉넉지 않았지만, 아내가 좋은 신혼여행지를 발견했고, 그곳에서 평생 잊지 못할 기억을 만들었다. 처음 만두 가게를 생각한 것도 그곳에서였다. 창업 후 인건비를 아끼려고 인혜는 평일 점심과 주말 내내 아이를 처가에 맡기고 나와 일을 돕고 있다. 처가도 부부가 열심히 사는 걸 알기에 눈치 한 번 주지 않고 묵묵히 육아를 도와주고 있다. 누구 하나 빠지는 사람 없이 모두가 서로를 위해 헌신하고 있었다.

이건 창수만의 성공 스토리였고, 주변인들에 대한 헌사였다. 길어지는 말에 만복이 몇 번 끼어들었지만, 창수는 물러서지 않고 집요하게 하던 말을 이었다.

저희도 말씀드리고 싶어서요.

창수가 꿋꿋하게 말을 마무리했다. 만복 형제가 제 얘기를 잘 듣고 있는지 여부는 중요하지 않았다.

창수와 인혜는 도장이 찍힌 합의서 두 장을 들고 집으로 돌아왔다. 영업은 이달까지 하는 걸로 정리했다. 집에는 구청에서 보내온 식품 위생 조사 결과 안내문이 도착해 있었다. 신고받은 이물이 조리 단계에서 혼입됐다는 객관적인 사실을 확인하기 어렵다는 내용이었다. 이미 동네에 소문이 날 대로 난 와중에 뒤늦은 조사 결과를 알리는 건 의미가 없었다. 그럼에도 인혜는 종이를 반듯하게 펴서 냉장고 문에 붙였다. 오래 퇴적된 바위처럼 냉장고는 묵직하게 안내문을 받치고 서 있었다. 창수는 그것을 그대로 내버려뒀다.

한 달 뒤 창수는 폐업 신고를 하기 위해 세무서를 찾았다. 인혜도 함께였다. 담담하게 빈칸을 채워가던 창수는 폐업 사유를 묻는 란에서 한참 망설였다. 첫 번째 적힌 사업 부진에 동그라미를 치는 게 가장 무난했다. 지금까지도 그렇게 표시해왔다. 그런데 이번에는 다른 이유를 대고 싶었다. 오랫동안 고민하던 창수는 아홉 번째 기타란에 동그라미를 그렸다. 따로 기타 사유를 기재하는 공간은 없었지만, 그 밑에 조그맣게 몇 글자를 더 넣기로 했다. 열한 글자로 병기한 폐업 사유는 간단했다.

'러브버그물풍선폭탄사태'

창수는 접수 번호를 기다린 뒤 서류를 제출했다. 팔을 내미는 바람에 윗옷이 올라가 옆구리 살이 삐져나왔다. 옆에 있던 인혜가 찢어진 만두피를 메우듯 윗옷을 당겨 창수의 살을 덮었다. 세무서 밖으로 나오니 뜨거운 여름 햇살이 눈을 찔렀다. 본격적인 무더위가 시작되고 있었다.

머리 기르는 사람들의 모임

권희진

며칠 전 인호 형이 전화해서 이번 모임에는 바다에 갈까? 물었다. 내가 웬 바다요? 하니 그냥 해 뜨는 거나 보자고 했다. 그러면 동쪽?이라는 내 질문에 그렇지 동쪽, 하고 형이 대답했다. 그래, 동쪽으로는 가본 지 오래됐지 생각하며 내가 그래요, 했고 인호 형은 그럼 찬영이한테도 전해줘, 했다. 우리는 금요일 밤에 출발하기로 하고 전화를 끊었다.

우리가 가기로 한 바다는 여름이면 유흥과 헌팅으로 유명해 사람이 몰리는 지역이었다. 전에는 서핑의 성지였으며 그보다 더 전에는 아는 사람만 찾는 그런 지역이었다. 그러면 아는 사람만 찾는 지역이 되기 전에는 어떤 곳이었냐고 묻는다면 나도 잘 모른다. 아마도 그곳에서 나고 자란 사람들만 사는 시골이었겠지. 그곳에서 나고 자란 사람 중에 청년들은 도시로 떠나고, 노인들은 남아 있는 그런 동네 말이다. 그러다가 우연히 그곳을 찾아낸 누군가에 의해 소문이 나기 시작하면서 점차 아는 사람만 가는 바다가 되었을 것이다. 요즘 시대에 소문은 빠르니까. 그러다 보니 아는 사람만 알던 그 바다는 이제 모르는 사람이 없는 그런 바다가 된 게 아닐까. 어쨌든 언젠가부터 여름만 되면 술과 즐거움과 사랑과 우연을 기대하는 사람들이 몰려들었다. 이십 대에는 일분일초가 아쉬운 법이니까. 그 나이대에는 그런 바다에 끌리기 마련이 아닌가.

그러나 우리의 평균 연령은 서른다섯이었고, 그 바다에서 놀기엔 좀 많은 편이었다. 게다가 누군가를 만나려는 목적도 없었고, 술을 마시기 위함도 아니었다. 물론 나는 술꾼이지만 나머지 두 사람은 술이 약했다. 해 뜨는 거 보는데 왜 거기로 가요? 우린 좀 안 어울리는데. 나는 차에 타면서 인호 형에게 왜 하필 그 바다에 가는지 물었다. 남들 다 가는데 우리도 가봐야지, 나 거긴 한 번도 안 가봤거든. 저도 처음이에요, 찬영이 거들었다. 진짜? 한 번도? 내가 뒷좌석에 앉은 찬영을 돌아보며 놀란 표정을 지었고, 찬영은 거기 가본 적 있어요? 되물었다. 나는 잠시 생각해보았다. 내가 갔었나, 안 갔었나. 전엔 나도 여름이면 바다로 가는 사람이었는데. 가서 술도 먹고 모르는 사람도 만나고. 나도 그런 걸 좋아하던 때가 있었는데 이젠 산이 더 좋아졌다. 그것도 사람이 없는 산. 이게 나이 든 건가. 다시 생각해보니 그렇게 놀기 좋아하던 때에도 그 바다에는 가본 적이 없었다. 나도 처음이네. 그 말에 찬영이 말했다. 그럼 우리가 같이하는 두 번째 처음이네요.

나는 찬영의 그 말이 좀 시적이라고 생각했다. 같이하는 처음이라니. 그것도 두 번째라니. 그러면 첫 번째는 뭐였냐 하면 머리 기르기였다. 머리 기르는 일을 왜 같이하냐고? 나도 머리를 기르기 전까지는 그 일에 동료가 필요할 줄은 꿈에도 몰랐다. 머리는 시간이 지난다고 해서 자동으로 길러지는 게 아니었다. 대체로는 무관심해야 하지만, 때때로 머리가 얼마나 자랐는지 상한 곳은 없는지 꼼꼼하게 관리를 해줘야 했다. 한마디로 초연한 정성이 필요한 일이었다. 그리고 무엇보다 이걸 왜 하고 있는지 스스로에게 상기시키는 것이 중요했다. 말하자면 인생 같다고나 할까. 그만큼 고독한 일이었다.

내가 어쩌다 이 고독한 걸 시작했나 생각해보면 순전히 우연이었다. 언젠가 세수를 하다가 거울을 봤는데 물에 젖은 머리칼이 한쪽 눈을 반쯤 가린 채 달라붙어 있었다. 어느 틈에 이렇게 자란 거지. 머리는 목의 중간까지 내려왔다. 한동안 미용실을 가는 일이 귀찮기도 했고, 자르는 비용도 만만치 않아서 특별한 일이 생기면 그때 다듬을 생각이었는데 인식하지도 못한 사이에 머리가 자라 있던 거였다. 거울 속 내 모습을 가만히 보는데 조금 잘생겨 보였다고 해야 하나. 아무튼 이 정도면 꽤 괜찮은데, 하면서 고개를 여러 각도로 돌려보기도 하고 머리를 쓸어 넘겨보기도 했다. 그래, 머리를 기르자. 아마도 쇄골까지. 당시에 나는 웹툰을 그리겠다며 회사도 그만두고 방에서 그림만 그렸다. 난 예술 하는 남자니까 예술과 장발은 어울리지 않나, 단순하게 생각했다.

그런데 막상 기르기로 마음먹으니 갑자기 시간이 멈춘 듯 머리는 더디게 자랐다. 한 달 동안 기른다고 해도 일 센티미터였고, 이 속도라면 목표한 길이까지 적어도 일 년은 더 기다려야 했다. 그런 생각이 들자 어느 순간 막막하고 조급해졌다. 친구들은 공감은커녕 누구를 따라 하려고 머리를 기르냐며 빈정거렸다. 멋 부릴 시간에 일을 다시 시작하든지 아니면 웹툰에 목숨을 걸라고 진지하게 충고했다. 이거 정말 외로운 길이군. 동료가 필요해, 어쩌면 공감이. 인터넷에서 머리 기르는 사람들을 찾기 시작한 건 이런 이유에서였다.

머리를 기르는 사람은 생각보다 많았다. 그중에서도 #머기모 #머리기르는사람들의모임 태그가 달려 있는 인호 형의 사진을 보고 나는 단숨에 마음을 뺏겼다. 드러내지 않아도 주변을 압도하는 오라. 멋 따위는 관심 없다는 듯 무심한 눈빛. 어깨까지 오는 장발에 수염을 기른 형의 모습은 남자인 내가 봐도 반할 수밖에 없었다. 내가 찾던 사람이 바로 이 사람이다. #문의는디엠으로. 마지막에 달린 태그를 보고 바로 형에게 연락했더니 사진을 한 장 보내달라고 했다. 얼굴을 보고 뽑는 건가 싶어 살짝 망설여졌다. 에라이, 나 정도면 괜찮지. 휴대폰에서 사진을 고르는데 괜찮은 게 너무 없어서 일 년 전의 사진까지 거슬러 올라가야 했다. 마지막 연애를 하던 시기에 여자친구가 찍어준 사진들 중에 하나를 골라 메시지를 보냈다. 연애라도 해야 사진을 찍는구나. 그런 생각을 하며 답을 기다렸다. 답장은 세 시간 뒤에 왔다. 오, 많이 기르셨네요. 모임에 한번 나오세요. 인사나 하시죠. 그 모임에서 인호 형과 찬영, 클로이 누나와 준을 만났고, 시간이 지나 지금은 나를 포함한 남자 셋만 남아 머리를 기르는 중이었다.

드디어 고속도로에 들어섰을 때 밤 열 시를 알리는 라디오 방송이 나왔다. 그 시간에도 우리처럼 바다로 향하는 사람들이 적지 않았다. 우리 정말 해 뜨는 것만 봐요? 찬영이 편의점에서 사 온 커피를 건네며 물었다. 형은 맛집도 가고 해도 보고 아, 그리고 클로이가 부탁한 것도 있고,라고 했다. 클로이 누나가? 뭔데요? 나와 찬영이 동시에 물었으나 형은 별다른 설명 없이 그 얘긴 나중에 해줄게, 했다. 누나는 소아암을 앓는 아이의 병세가 심각해진 후에 모임을 그만두고 잠적하듯 연락도 끊었지만, 유일하게 대학교 동문인 형과는 간간이 연락을 했다. 그런 누나가 뭘 부탁했을지 궁금했지만, 나와 찬영은 더 물어볼 수 없었다. 대신 형의 플레이리스트에서 나오는 음악을 조용히 따라 불렀다.

다음 날 아침에 우리는 일출을 보지 못했다. 숙소에 도착해서 야식을 먹고 수다를 떨다가 해가 뜨기 직전에 모두 잠들어버렸고, 일어났을 땐 이미 점심때였다. 가장 먼저 일어난 건 나였다. 배가 고파서 일어났는데 열두 시가 지나 있었다. 나는 아직 자고 있는 두 사람을 깨웠다. 피곤한지 눈도 제대로 뜨지 못하는 찬영의 휴대폰에서는 음 소거한 영상이 재생되고 있었다. 일본 애니메이션이었다. 넌 같은 걸 몇 번을 보냐, 안 질려? 형은 쉰 목소리로 찬영을 보며 말했다. 형도 무조건 봐야 돼요, 하며 휴대폰을 들이미는 찬영의 얼굴은 전날 술을 마시지 않았는데도 잔뜩 부어 있었다. 그리고 자는데 무슨 영상을 틀어놓고 자, 형은 찬영의 휴대폰을 밀어내면서 네가 그러니까 키가 안 큰 거라고 핀잔을 줬다. 됐고, 밥이나 먹으러 가자. 나는 세수도 하지 않고 모자를 눌러썼다. 내가 벌떡 일어나서 신발을 신자 두 사람도 간신히 몸을 일으켜 나갈 채비를 했다.

우리는 점심으로 순댓국을 먹기로 했다. 근처에 맛집이 있다는 찬영의 말을 믿고 걸어갔는데 생각보다 거리가 있었다. 형은 슬슬 지치기 시작했는지 계속해서 얼마나 남았는지 물었고 그때마다 찬영은 금방이에요, 했다. 얼마쯤 갔을까. 드디어 형이 짜증을 부리기 시작했을 때 찬영이 다 왔다, 소리치며 나와 형을 돌아보며 헤헤 하고 웃었다. 맛없으면 김찬영이 계산해. 진짜 유명하대요. 찬영은 의기양양하게 말했다.

순댓국 가게는 장사를 오래 해온 집처럼 보였다. 허영만의 사인을 보자 어쩐지 더 믿음이 갔다. 형과 나는 일반 순댓국을 시켰고, 찬영은 '고기로만' 메뉴를 시켰다. 형은 순댓국을 먹으러 와서 순대를 빼고 고기만 들어간 메뉴를 먹을 거면 여기까지 왜 왔냐고 잔소리를 시작했다. 형은 무심한 인상과는 다르게 참견이 심한 사람이었다. 그 상대가 나일 때는 대체 언제까지 그림만 그릴래, 이제 서른 중반이다로 시작해서 하기로 했으면 제대로 해라, 인생 만만하게 보면 안 된다는 말까지 매번 레퍼토리도 같았다. 처음에 이 형은 뭔데 이렇게 아는 척을 하지 싶었지만, 나중에는 형의 잔소리에 이력이 나서 말이 다 끝날 때까지 딴생각을 하며 무시하는 게 버릇이 됐다.

그럼에도 나와 찬영이 형을 따르는 데에는 이유가 있었다. 형은 기껏 고기만 들어간 순댓국을 시켰냐며 쓸데없는 말을 하면서도 이미 우리 앞에 수저를 놓아주고 물도 따라주는 사람이었다. 입은 툴툴거려도 손은 따뜻한 사람이랄까. 클로이 누나의 아이한테 암이 재발했을 때 유명한 전문의를 소개한 것도, 알바를 하며 겨우겨우 프랑스 유학을 준비하던 준에게 유학 정보를 준 것도 형이었다. 찬영에게도 마찬가지였다. 취업과 대학원 사이에서 고민하던 찬영이 대학원에 가도록 조언을 해준 것도 그였다. 찬영은 형 때문에 고생만 더 하게 됐어요, 투정을 부렸지만 한번은 술에 취해서 형 덕분에 하고 싶은 거 하면서 산다고 털어놓았다. 일 때문에 바쁜 사람이 어떻게 남의 사정까지 다 신경을 쓸 수 있을까. 아무리 생각해봐도 그냥 '애정이 있어서'라는 것밖에는 설명되지 않았다.

이따가 수영이나 할까? 내가 순댓국을 마저 비우고 제

안하자 두 사람은 수영복이 없다고 했다. 나도 없어. 내 말에 형은 그럼 하나씩 사자고 했다. 내친김에 서핑도 해보자는 말에는 찬영과 형 모두 싫다며 고개를 저었다. 서핑은 부담스럽다는 이유였다. 여기까지 왔는데 남들 하는 건 다 해야죠, 형! 내가 서핑을 해야 하는 이유를 나열하며 설득했지만, 형은 휴대폰만 보면서 손을 흔들었고 찬영은 모르는 사람들 앞에서 못 하는 모습을 보이기가 싫다고 했다. 나는 찬영에게 원래 강습받는 사람 중에 잘하는 사람은 없다고 그리고 말마따나 모르는 사람, 다시 안 볼 사람들인데 어떠냐고 꼬셨다. 하여튼 이 형은 자기가 좋아하는 거 앞에서는 이렇게 말발이 좋을 때가 있다니까. 찬영이 짓궂은 표정을 지으며 장난칠 기미를 보였다. 왠지 준에 대한 얘기를 할 것 같아 나는 괜히 머쓱해졌다. 찬영은 종종 나와 준의 관계를 의심하며, 준이 모임에서 빠진 게 나 때문이라고 놀렸다. 그때 컵에 남은 물을 마저 마신 형이 그래, 여기까지 왔는데 하자고 말했다. 찬영은 형의 말에는 토를 달지 못하고 입만 삐죽거렸다. 서핑까지 포함하면 우리가 같이하는 처음이 세 개로 늘었다.

우리는 순댓국 가게를 나와서 숙소 방향으로 천천히 걸었다. 어쩐지 처음 나왔을 때보다 더운 것 같았다. 나는 걸어가면서 서핑숍에 전화를 돌려 오후에 강습이 가능한 곳을 확인했다. 그중 가장 가까운 곳에 예약금을 보냈다. 그럼 그때까지 뭐 해. 형의 말에 찬영은 소화도 시킬 겸 좀 걷다가 카페에 가자고 했다. 우리는 해변으로 방향을 틀었다. 그곳에는 서핑을 하거나 수영을 하는 사람들이 대부분이었고, 몇몇 태닝을 하는 사람도 보였다. 사람 없다 없다 하더니 젊은 애들은 전부 여기 와서 노나 보네. 그러게요, 우리만 빼고 다 여기 와 있었네. 나도 형의 말에 맞장구를 쳤다. 우리는 모래사장을 좀 걷다가 자리를 잡았다. 나는 슬리퍼를 벗고, 모래 속으로 발을 집어넣었다. 발가락 사이로 모래가 끼는 느낌이 이질적이면서도 재미있었다. 내가 발가락으로 모래를 집어 던지는 장난을 치자 찬영이 어린애처럼 굴지 말라고 인상을 썼다. 찬영은 놀리는 맛이 있었다. 얼굴도 동그랗고 눈도 커서 호빵처럼 생겼는데, 조금만 괴롭히면 눈을 가늘게 뜨고 노려보는 표정이 웃겨서 더 놀리고 싶어졌다. 아, 내가 여자면 너랑 사귈 텐데 왜 인기가 없지? 내 말에 찬영은 사랑은 운명이라면서 운명의 상대가 나타날 때까지 기다릴 거라고 했다. 운명은 무슨, 그딴 거 없어. 그리고 너 이과잖아. 찬영은 조금 고민하더니 사랑엔 과학도 초월하는 힘이 있다고 했다. 이럴 때 보면 애가 나이에 비해 순수한 면이 있는 것 같기도 했다.

찬영과 내가 실없는 얘기를 하는 사이에 형은 아예 드러누워 눈을 감고 있었다. 무슨 생각해요? 찬영이 물었다. 생각없음. 그러다 얼굴 다 타요. 내 말에 형은 또 상관없음,이라고 했다. 형의 팔은 그새 손목에 머리끈 자국만 남긴 채 벌겋게 익어 있었다. 이 사람 무슨 고민이 있구나, 그런 느낌이 들었다. 형, 무슨 일 있어요? 이번에는 아예 대답이 없었다. 찬영은 나를 보며 윙크하듯 한쪽 눈을 깜빡거렸다. 지금은 형을 그냥 두라는 뜻이었는데 나는 서서히 걱정이 되기 시작했다. 아직까지도 형이 누나에 대한 얘기를 해주지 않는 걸 보면 꽤 심각한 일일지도 몰랐다. 얼마간 눈을 감고 있던 형이 벌떡 일어나서 커피나 마시러 가자고 했다. 나와 찬영도 형을 따라 일어났다. 반바지 속으로 흘러 들어갔던 모래가 떨어졌다. 우리는 몸을 흔들어 마저 모래를 털어내고 카페로 걸어갔다.

서핑을 하러 가기 전까지 분주하게 시간을 보냈다. 먼저 찬영이 찾은 유명 카페에 가서 아이스 아메리카노를 한 잔씩 마셨다. 주문부터 다 마시는 데까지 십 분도 걸리지 않았는데, 찬영이 누가 카페를 커피만 마시러 오냐고 하는 바람에 십 분을 더 앉아 있었다. 우리가 앉아서 할 얘기가 뭐가 있냐. 각자 휴대폰만 보다가 형이 더는 못 앉아 있겠다는 듯이 진저리 치며 기지개를 켰다. 카페에서 나온 우리는 숙소에서 낮잠을 자다가 서핑을 하러 다시 나왔다. 먼저 수영복 가게에 들렀는데 생각보다 비싼 가격에 우리는 좀 머뭇거렸다. 내가 서핑 슈트를 입을 건데 안에 속옷만 입어도 되지 않냐고 묻자 찬영이 '서핑 슈트 안에'라고 검색을 했다. 속옷이 젖을 수도 있으니 수영복을 입으라는 의견이 많았다. 우리는 하는 수 없이 가장 저렴한 심플한 디자인의 수영복을 샀다. 막상 새 수영복을 손에 들자 얼른 물속에 들어가고 싶어 마음이 달았다. 왠지 수영장 냄새가 나는 것도 같았다. 난 이 냄새 맡으면 막 긴장되면서 수영하고 싶고 그렇다. 나두. 찬영과 나는 약간 들떠서 낄낄거렸다.

서핑숍에는 우리처럼 강습을 받으려는 이들이 많았다. 대략 스무 명 정도 되는 것 같았다. 강사는 우리를 보더니 세 분 다 머리가 기시네요, 했다. 강사도 긴 머리를 상투처럼 틀어 올린 스타일이었다. 강사는 아무 데나 앉으면 된다고 했지만, 남은 의자가 없어서 서 있어야 했다. 이론 수업을 들으면서도 자꾸 시선은 저편에 일렁이는 바다로 향했다. 이론 수업을 듣고도 바로 보드를 타는 것은 아니었다. 모래사장에 보드를 눕혀놓고 그 위에 엎드려서 물 젓는 연습을 했다. 아, 이런 거 말고 물에서 하고 싶은데. 중얼거리는데 왼쪽에 있던 형이 자기 나이가 가장 많아서 민망하다고 했다. 형, 나랑 동갑처럼 보여. 실제로 형은 사십 대 중반이었는데 잘 꾸미면 내 또래처럼 보였다. 형은 한번 더 주변을 둘러보더니 내가 동안인 게 아니라 네가 나랑 동갑처럼 보이는 거야, 했다. 오른쪽에 있던 찬영은 일어서기를 상당히 잘했다. 찬영은 처음 봤을 때 운동이라곤 숨쉬기밖에 안 해봤을 거 같은 이미지였다. 게다가 내가 웹툰을 그린다고 하니 어떤 애니메이션을 좋아하냐며 자신은 애니 취향으로 성격까지 맞출 수 있다고 집요하게 물고 늘어져 여기 괜히 나왔나 하는 생각까지 들게 만든 인물이었다.

그런데 찬영은 물에 들어가서도 소질을 보였다. 형, 나 천잰가 봐. 한껏 들뜬 찬영은 옆에 있는 다른 수강생들에게 어쭙잖은 조언을 하기도 했다. 반면에 나와 형은 강사의 일어서라는 신호를 자꾸만 놓쳐서 작은 파도도 제대로 타지 못했다. 방구석에만 있는 나는 그렇다 치더라도 형은 의외였다. 형은 헬스와 클라이밍에 바이크를 타는 취미까지 있었다. 그야말로 만능 운동인 아니었나. 계속해서 물에 빠지자 형은 지쳤는지 보드를 끌고 나가 모래에 주저앉았다. 나도 형 곁으로 가 쓰러졌다. 형은 나이 탓인가, 하며 보드에 앉아 바다에 떠 있는 찬영을 바라보았다. 찬영은 강습받는 사람들과 대화를 나누다 우리 쪽을 보고 손을 흔들었다. 나는 찬영에게 손짓을 해보이고는 형의 눈치를 살피며 누나에게 무슨 일이 있는지 물었다. 걔가 말하지 말랬는데. 형은 그 말을 하곤 한참 동안 말이 없었다. 왜요, 무슨 일인데요. 내 말에도 형은 한동안 입을 떼지 못했다. 마음의 준비를 해야 된다네, 그런데 씨발 그게 되냐고. 클로이 누나의 아이가 돌이킬 수 없는 상태라고 했다.

백혈병이 재발했을 때 아이는 겨우 아홉 살이었다. 형은 할 수 있다고 또 치료하면 된다고 누나를 위로했다. 그치, 처음도 아닌데 내가 꼭 고쳐낼 거야. 그러나 이전과 다르게 출혈과 고열이 이어졌고, 누나는 어느 날부터 형에게도 말을 아꼈다고 했다. 그러다 며칠 전 중환자실에서 이제는 회복 가능성이 희박하다는 말을 들었다는 거였다. 누나는 형에게 전화해 한동안 울기만 했다. 울음 사이사이로 누나는 겨우 말을 이었다. 숨 쉬는 것도 힘겨워하는 아이가 말을 했다고. 예전에 같이 갔던 바다에 또 가자고. 해가 뜰 때 돌고래를 봤던 바다. 그런데 누나는 아무리 머릿속을 헤집어봐도 돌고래를 본 기억이 나지 않는다고, 그 바다에 가서 돌고래가 있는지 봐줄 수 있냐고 부탁했다. 하준이가 해가 뜰 때 오는 돌고래라고 했어. 꼭 해가 뜰 때, 알았지? 누나는 거듭 강조했다. 그래, 내가 다녀올게. 거기 정말 있는지 보고 올게. 형은 누나와 약속했다.

그걸 보러 온 거야, 돌고래. 형은 나지막이 중얼거리며 물 밖으로 나오는 찬영에게 손을 흔들었다. 어이, 아저씨들 심심하게 뭐 해요? 찬영의 얼굴에 웃음이 끊이질 않았다. 물에 젖은 찬영의 긴 머리가 제법 멋있게 보였다. 재밌게 놀았냐? 이따가 같이 술 먹기로 했어요. 찬영은 해맑게 웃으며 아직 바다에 떠 있는 사람들 쪽으로 시선을 돌렸다. 우리랑 놀면 재미있을까. 형이 머리를 긁적였다. 우리 정도면 재밌죠. 같이 놀아요. 나는 찬영의 기분을 맞춰주기 위해 거들었다. 그러자 형은 또 놀릴 구실을 찾았다는 듯 나를 보며 금세 장난스러운 표정을 지었다. 그래, 인마 너도 이제 준이 잊고 다른 사람 좀 만나. 형은 뭐가 웃긴지 그 말 뒤로 계속 킬킬거렸다. 찬영도 의미심장한 웃음을 지었다. 유치하다 유치해, 진짜 아무 일도 없었다고. 그러나 두 사람은 내 말을 들은 체도 하지 않았다.

사실 준과 나 사이에 아무 일도 없던 건 아니다. 오토바이를 같이 타고 다녔고 두어 번 따로 만났다. 다만 형과 찬영이 생각하는 것처럼 고백 같은 일은 없었다는 뜻이다. 물론 오토바이 뒷자리를 내어준다는 게 나한테 아무 의미가 없는 건 아니었다.

처음 모임에 간 날, 준과 클로이 누나를 보고 꽤나 당황한 기억이 있다. '머리 기르는 사람들의 모임'에는 당연히 남자만 있을 거라 생각했으니까. 여자들한텐 쉬운 일 아닌가, 그렇게 생각했다. 어쨌든 그날 처음 만난 준은 나에게 조금 이상한 애로 보였다. 허리까지 닿는 긴 생머리에 표정 변화도 거의 없을뿐더러 무뚝뚝하고 말수도 적어서 어딘가 음침한 느낌도 들었다. 스물여섯이라고 나이를 밝혔는데 분위기로만 보자면 나와 동년배처럼 보이기도 했다. 거기에 나에게 말을 걸 타이밍을 엿보느라 바쁘게 움직이는 찬영의 눈빛도 부담스러웠다. 다양한 장발 스타일과 거기에 맞는 패션을 한 힙한 사람들이 있을 거라는 내 예상과는 다른 머기모 회원들을 보고 있자니, 언제 나가는 게 자연스러울까 하는 생각만 머릿속에 가득 찼다. 그때 리더인 인호 형이 나를 보며 회칙을 설명해주었다. 한 달에서 두 달 간격으로 정모를 열고, 사적인 이야기는 하지 않으며 서로 머리를 기르는 일에만 최선을 다할 것. 그리고 머리를 자르면 자동으로 모임에서 탈퇴하게 되고, 다시 기르기로 마음먹으면 언제든 돌아올 수 있다고도 했다.

그들은 신입인 나에게 관심이 많았다. 특히 머리를 기르는 이유에 대해 궁금해했는데 나는 별다른 이유는 없고 그냥이라고 했다. 긴 머리가 잘생겨 보여서, 예술가 느낌이 날 것 같아서라고는 말할 수 없었다. 나는 누나와 준에게 조심스레 왜 이 모임에 왔는지 물었다. 누나는 소아암 환자를 위해 머리를 기증할 예정이라고 했고, 준은 아직 뚜렷한 이유는 없지만 머리를 기르면서 알아가 볼 생각이라고 했다. 옆에서 가만히 듣고 있던 찬영도 거들었다. 전 탈모 오기 전에 장발 한번 해보려고요, 다 기르면 기증도 할 거예요. 형은 내게 모임에서 머리 기증이 필수는 아니지만, 나중에 생각이 있으면 말하라고 했다.

난 모임에 꾸준히 나갔다. 그때마다 준을 오토바이에 태워주었다. 일종의 카풀인 셈이었다. 준에게 관심이 있어서 그런 건 아니고, 가는 방향이 같으니 태워주라고 몰아가는 멤버들 때문이었다. 평소에 준은 내게 친근하지도 않았으면서 오토바이는 잘도 타고 갔다. 준을 처음 태우던 날 헬멧이 하나밖에 없어서 위험하다고 피하려 했지만, 도리어 준이 골목으로만 다니면 괜찮다고 했다. 생각해보면 준은 좀 뻔뻔하기도 했다. 난 백미러로 긴 머리칼을 휘날리는 준을 살피며 인적이 드문 골목으로만 느리게 다녔다. 걸어가는 게 낫겠다. 준은 그렇게 말하면서도 매번 모임이 끝나면 내 오토바이 앞에서 기다렸다.

어느 날, 준을 집 앞에서 내려주면서 나는 지나가는 말로 툭 내뱉었다. 근데 있잖아, 넌 내 타입 아니야. 준이 아무 말도 없길래 나는 혹시나 해서 하는 말이야, 덧붙였다. 준은 예의 그 초점 없는 눈빛으로 나를 응시하더니 이윽고 한마디를 했다. 그럼 다행이네요, 우리가 헤어질 일은 없겠네. 애초에 사귈 일이 없을 테니까. 그러고는 인사도 하지 않고 집으로 들어가버렸다. 그 고백 같기도, 거절 같기도 한 말 때문에 도리어 당황한 사람은 나였다. 다음 모임 때까지 내내 긴장한 나와 달리 준은 아무 일도 없었다는 듯 내게 말을 걸어왔다. 하필 그날 준에게 맞을 만한 중고 헬멧을 사서 챙겨간 탓에 형과 찬영은 머기모에서 첫 커플이 탄생하는 거냐며 장난을 치기도 했었다.

두 사람은 준에 대한 이야기를 하며 나를 놀리느라 신이나 있었다. 우리가 이러고 노니까 다들 연애를 못 하는 거야. 내 말에도 두 사람은 멈추지 않았다. 그때 찬영과 놀기로 했다던 사람들이 바다에서 나와 우리 옆을 지나가며 인사했다. 그들은 이따 저녁에 만나요, 하며 찬영과 인사를 주고받았고 형과 나도 얼떨결에 네, 하며 어색하게 손을 흔들었다.

예정대로라면 우리는 밤에 술을 마시고 있어야 했다. 운이 좋으면 찬영이 새로운 인연을 만날지도 모르는 자리였다. 그렇게 밤을 보내다가 새벽에 해 뜨는 것까지 봤다면 만족스럽게 마무리할 수 있었겠지. 그러나 우리는 한 취객의 일행을 찾아주기 위해 해변을 돌아다니고 있었다. 이십 대 중반

인 생면부지의 남자 때문에 일이 복잡하게 꼬여버린 것이다.

서핑이 끝나고 우리는 슈트와 보드를 반납한 뒤 숙소에 들어와 씻었다. 가장 먼저 씻은 형은 텔레비전을 보고 있었다. 여행 예능이었는데 스페인에서 기차를 타는 장면이 나왔다. 기차 바깥으로는 평지가 펼쳐졌다. 기차를 타고 달리다 보면 지평선 끝으로 해가 넘어가는 진풍경을 볼 수 있다는 내레이션이 흘러나왔다. 형은 꽤나 감탄한 듯 집중해서 화면을 보고 있었다. 형, 준비 안 해요? 내가 수건으로 머리를 털며 재촉했다. 그러나 형은 저녁 일정이 영 내키지 않는 듯했다. 거기 내가 낄 자리는 아니지 않아? 형은 여전히 텔레비전에 시선을 두고 심드렁하게 말했다. 나와 찬영이 달라붙어 억지로 형을 일으켜 세웠다. 누가 놀자고 불렀나, 술값 내달라고 가자는 거지. 부러 장난스럽게 낸 내 목소리에 형은 이 새끼가, 하면서 눈을 흘겼다. 그러면서도 옷을 갈아입었다.

그들과 만나기로 한 서핑숍에 갔을 때는 이미 여러 무리가 술판을 벌이고 있었다. 거기에 우리와 약속을 했던 일행도 보였다. 그들은 긴 머리의 서핑 강사가 속한 무리와 함께였다. 찬영이 그들에게 말을 걸려 하길래 형과 내가 말렸다. 야, 이미 끝났어. 우리는 갑자기 목적을 잃은 사람들이 되어 주변을 서성였다. 이제 뭘 해야 하나. 해가 뜨려면 아직 멀었는데. 형은 저녁을 먹고 일찍 숙소에 들어가자고 했고, 찬영은 이대로 돌아갈 수는 없다며 아쉬워했다. 그러면 우리끼리 놀아보자. 나는 두 사람을 끌고 근처를 배회하다가 가장 북

적이는 술집으로 들어갔다.

우리는 생맥주를 한 잔씩 시켜놓고서 지나는 사람들을 구경했다. 여기 술집에 있는 사람들은 전부 타지 사람이겠지? 그치. 그럼 여기 사는 사람들은 휴가 때 어디 갈까? 글쎄, 산에 가지 않을까. 아니지, 여름이 대목인데 일하겠지. 그런 쓸데없는 이야기를 하면서 시간을 보냈다. 그러다 다시 준에 대한 이야기가 나왔다. 준은 아주 가끔 자신의 SNS에 사진을 올렸는데 대개 크루아상의 빵 부스러기나 무슨 모양인지 알 수 없는 난해한 구름, 파리의 시위대 같은 것들이었다. 그 정도면 안부를 확인하기엔 충분했다. 찬영은 준이 너무 차가운 사람 같다며, 메시지에 항상 단답으로만 답장이 온다고 서운해했다. 형은 가끔 준과 통화도 한다고 했다. 내가 준이 프랑스로 떠난 이후로 연락을 해본 적이 없다고 하자 형과 찬영이 깜짝 놀랐다. 너네 싸웠어? 아뇨, 싸운 게 아니라. 준과 어색해질 만한 일이 있긴 했지만 두 사람에게는 비밀로 하고 싶어서 그냥,이라고 대충 얼버무렸다.

그날은 동생의 상견례가 있었다. 엄마는 아침부터 심기가 불편해 보였다. 며칠 전부터 머리를 자르라고 했던 엄마의 말이 걸렸다. 요즘 어른들은 머리 긴 남자에 편견이 없다며 걱정할 필요 없다고 해도 엄마의 표정은 풀리지 않았다. 동생도 형은 장발이 잘 어울린다고 멋있다고 추켜세웠다. 상견례 자리는 예상보다 불편하지 않았다. 엄마도 술을 한잔 마시더니 긴장이 풀어져서 평소보다 말을 많이 했다. 우리

큰애가 제 동생을 아빠처럼 챙겼다면서 없는 말도 지어서 했다. 나는 자중하라는 의미로 엄마의 팔을 지그시 잡았으나 엄마는 모른 척했다. 식사가 끝나고는 계획에도 없던 서울 관광도 했다. 경상도에서 올라왔다는 제수씨 가족을 그냥 보낼 수 없다는 엄마 때문에 남산타워에 갔다. 우리는 삼십 분 넘게 기다렸다가 케이블카를 타고 남산을 올라갔다. 타워에서 단체 사진도 찍고 솜사탕도 먹고 커피도 마셨다. 그리고 동생과 제수씨는 양쪽 어른들의 성화에 자물쇠도 하나 사서 걸었다. 요즘은 유치해서 이런 거 안 해요. 제수씨는 어쩔 수 없이 건다고 하면서도 표정은 밝아 보였다. 남산 투어를 마치고 나와 엄마는 집으로 왔다. 집에 오자마자 엄마는 갑자기 열무김치를 담그겠다면서 옷을 갈아입고 열무를 손질하기 시작했다. 그 모습을 보고 있는데 어쩐지 허전한 기분이 들었다. 동생이 결혼하면 이 집에는 우리 둘만 남겠지. 그런데 왜 준이 생각날까. 보고 싶은 걸까. 그날 나는 준에게 술을 한잔하자고 했고, 준은 자기 집으로 오라고 했다.

준의 집은 좁았다. 좁아도 있을 살림은 다 있었다. 나는 편의점에서 사 온 술과 안주를 부려놓았다. 집에 아무나 불러도 돼? 괜히 어색해 장난을 친 건데 준은 무표정한 얼굴로 그제야 생각났다는 듯 이상한 사람 아니죠? 물었다. 나는 절대 아니라고 서너 번 강조했다. 그날 준에게 머기모 멤버들에 대한 이야기를 많이 들었다. 클로이 누나는 아이가 완치됐을 때 가장 친한 친구인 인호 형과 모임을 만들었다고 했다. 두 사람은 많이 가까워요. 사귀던 사이야? 꼭 사귀어야만 가까운 거예요? 아니, 남자랑 여자랑 너무 친하다니까. 아무 일 없어도 친할 수 있어요. 그렇지. 나는 고개를 끄덕였다. 그리고 준은 자신에 대한 이야기도 들려줬다. 부모님이 이혼한 후 또 각자 재혼했다는 이야기. 두 분에게는 각각 다른 가족이 생겼지만, 그래서 자신은 갈 곳이 없어졌다는 이야기. 준은 쥐포를 찢으며 담담하게 말했다. 난 프랑스에 갈 거예요. 프랑스는 왜? 거기서 건축 공부하고 내 집 짓고 살려고요. 순진한 계획이었다. 건축을 배운다고 다 집을 지을 수 있는 게 아닌데. 나는 그렇게 생각했지만 입으로는 파이팅, 하고 말했다. 그때만 해도 준이 정말 떠날 줄은 몰랐다. 우리는 그날 소주 세 병과 맥주 네 병을 마셨다. 나는 반쯤 누운 상태로 준에게 자고 갈까? 물었는데 준은 안 돼요, 했고 나는 알았다고 했다.

그날 집에 오니 엄마는 소파에 누워 텔레비전을 보고 있었다. 육아 솔루션 프로그램이었다. 나는 거실에 누워서 엄마를 보고 말했다. 엄마, 나중에 이 집은 나 줄 거지? 엄마는 처음에 들은 체도 하지 않았다. 그래도 내가 계속 이 집은 내 거지? 하고 귀찮게 했더니 아주 엄마 죽으라고 제사를 지내라, 하고는 다시 텔레비전으로 시선을 돌렸다. 어쨌든 나 줘야 돼, 결혼하면 여기서 살 거야. 엄마는 콧방귀를 뀌었다. 나는 바지 주머니에 있는 콘돔을 만지작거렸다. 준의 집에 가기 전 편의점에 들러 산 것이었다. 나는 그걸 손에 꽉 쥐고서

진짜야 난 분명히 말했어, 선언하고는 그대로 잠들었다.

그날 이후로도 준과 나는 아무 일 없다는 듯 전과 똑같이 지냈다. 나는 모임이 끝나면 오토바이로 준을 데려다주고, 준이 집에 들어갈 때까지 출발하지 않고 기다리다가 돌아왔다. 그것만으로도 충분했다. 우리 예전에 좋았는데, 다섯 명이 다 있을 때. 내 말에 형도 나쁘지 않았지,라고 했다. 우리는 아무리 얘기해도 줄어들지 않는 그때의 일들을 안주 삼아 술을 다 마실 때까지 한참 동안 앉아 있었다.

우리가 이십 대의 취객을 만난 건 모래사장에서였다. 맥주 가게에서 나와서도 조금 더 놀고 싶다는 찬영 때문에 해변으로 나갔다. 밤인데도 사람이 많았다. 우리는 모래에 앉아 맥주를 한 캔씩 집어 들었다. 형은 이전에 마신 맥주 때문인지 몇 번이나 화장실에 다녀왔다. 형이 없는 사이 나는 찬영에게 클로이 누나에게 무슨 일이 있는지 아냐고 떠보았다. 대충 알아요, 자세히는 모르고. 찬영은 느슨해진 머리끈을 풀어 다시 여러 번 꼬아 머리를 단단히 묶었다. 넌 어떻게 알았는데? 그냥, 어쩌다. 왜 나한텐 말 안 했어? 나중에 하려고 했어요. 찬영의 덤덤한 대답에 어쩐지 서운해졌다. 나만 모르고 있던 누나의 일 때문인지, 나만 모르게 준과 연락하는 두 사람 때문인지 아니면 그냥 아무것도 모르는 내 자신에 대한 서운함인지 알 수는 없지만, 약간 슬펐고 무언가 많이 미안했다. 찬영과 더 이상 대화를 이어가지 못하고 있는 동안 형이 돌아왔다. 형이 돌아오고 나서도 우리는 마땅히 얘깃거리를 찾지 못해 멍하니 앉아 술만 홀짝였다. 그때 얼굴이 발그레한 남자가 다가와 시간을 물었다. 남자의 입에서 술 냄새가 진동했다. 지금 열두 시 조금 넘었네요. 시간을 말해주자 남자는 큰일이네 큰일이야, 중얼거렸다. 무슨 일인지 물어봐달라는 것처럼 보였다. 무슨 일인데요? 물으니 남자는 형들, 제 폰이 없어졌는데 전화 좀 써도 될까요? 했다. 내가 잠금을 풀어서 휴대폰을 건넸다. 남자는 어디론가 한참 전화를 했지만, 아무도 받지 않는 것 같았다. 남자는 내게 휴대폰을 돌려주고도 한동안 우리 곁을 떠나지 않았다. 나는 다시 무슨 일이냐고 물었고 남자는 친구들과 놀다가 잠깐 산책을 하러 나왔는데, 술집에 돌아가니 친구들도 없고 합석해서 놀던 사람들도 없어졌다고 했다. 거기에 가방이랑 휴대폰도 두고 나왔는데 그것도 없어져서 난감하다고 했다. 숙소에 가보면 되지 않느냐는 말에 남자는 울먹이면서 어딘지 기억이 안 난다고 했다.

우리는 남자를 경찰에 데려다줄 생각이었다. 근처 파출소에 전화를 걸어 설명하니 지금 한 술집에서 싸움이 크게 나서 모두 그쪽으로 출동했다며 조금 기다려보라고 했다. 우리는 잠시 고민하다가 직접 일행을 찾아주는 게 낫겠다고 판단했다. 나와 형은 남자에게 이것저것 물어보았다. 나이는 스물다섯이고 친구 세 명과 같이 왔으며 여성 일행과 합석해서 놀다가 잠깐 바람을 쐬러 나온 사이에 미아가 됐다는 게 우리가 알아낸 최종 정보였다. 바람을 쐬러 얼마나 나와 있었는데요? 잠깐인데. 잠깐인 것 같아요? 정말 잠깐이에요? 네, 아 근데 걷다가 갑자기 너무 졸려서 앉아서 졸았어요. 얼마나 잤어요? 잠깐인 거 같은데 기억이 안 나요. 남자는 또 울 것 같은 얼굴이 되었다. 우리는 취조를 하듯 남자에게 질문하다가 어느 순간에는 이 사람을 안전하게 돌려보내야겠다는 사명감에 휩싸였다.

하지만 한참을 돌아다녀도 남자는 숙소 위치조차 기억해내지 못했다. 멍청이인가 아니면 우리에게 사기를 치려고 이러나 도무지 감이 잡히지 않았다. 새벽 두 시쯤 되었을 때 나는 그냥 파출소로 데려다주자고 했고, 찬영은 그냥 우리 숙소에서 재우는 게 낫지 않겠냐고 했다. 그랬다가 친구들을 못 찾으면 어떡하지. 형은 남자에게 담배가 있냐고 물었다. 남자는 그건 있어요, 하더니 담배와 라이터를 건넸다. 형은 금연 중이었는데 스트레스를 많이 받은 것 같았다. 휴대폰을 두고 다니는 놈이 담배는 있네. 남자는 주눅이 들어서 죄송해요, 했다. 형, 지금 담배 피우기엔 아깝지 않아요? 나 이놈 때문에 못 참겠어. 남자는 고개를 숙이고 훌쩍거렸다. 찬영은 자고 싶다며 짜증을 부렸다. 형은 담배 하나를 다 피우더니 다른 하나를 더 물었다. 그러고는 남자에게 경찰에 신고해주겠다고 했다. 남자는 혼자는 무섭다고 같이 있어달라고 간절하게 말했다. 정말 겁에 질린 듯 온몸을 떠는 남자를 보다 나도 모르게 실소가 터졌다. 난 어쩐지 이런 우연이 영화

같다고 했고, 형은 그런 나를 보며 지금 이 상황에 웃음이 나오냐며 핀잔을 줬다. 계속 우연이 반복되는 말도 안 되는 코미디 영화 있잖아요. 내 말에 그거라면 말이 되지, 하며 찬영도 씁쓸하게 웃었다.

우리는 결국 다시 해변으로 갔다. 남자는 그 전에도 친구들과 떨어졌을 때 여기서 다시 만났다고 했다. 그래서 제가 이쪽을 돌아다니고 있던 거예요. 우리는 돌아가면서 남자를 구박했다. 네가 그러니까 친구들이 버린 거다, 아무리 취해도 숙소를 기억 못 할 수가 있냐. 남자는 아무 대답도 하지 못했다. 찬영은 아예 드러눕더니 이따가 해 뜨면 알려달라고 하곤 눈을 감았다. 남자도 피곤한지 눈을 끔뻑거렸다. 나는 형에게 찬영과 함께 들어가서 자라고 했다. 형은 운전해야 되잖아요. 됐어, 이미 잠도 다 깼어. 형은 다시 담배를 물었다. 남자는 이제 죄송하다는 말도 하지 않았다. 넌 이름이 뭐냐. 지호요, 이지호. 여자친구는 있어? 없어요. 학생이야? 네. 군대는? 갔다 왔어요. 어디서 왔는데? 서울이요. 지호라는 애는 묻는 말에 잘도 대답했다. 그리고 팔베개를 하고 눕더니 혼자서 묻지도 않은 말을 주절거리기 시작했다.

저는 맨날 이래요. 매일 이상한 짓만 해요. 오늘도 술자리에서 이상한 얘기만 한다고 사람들이 웃더라고요. 전 웃기려고 한 말인데 좀 특이하대요. 좋은 뜻은 아닌 거 같고 비웃는 거 같기도 하고, 하여튼 그랬어요. 기분이 나빠서 바람 쐰다고 하고 나왔는데 갑자기 외로운 거예요. 졸리기도 하고 집에도 가고 싶고. 그래서 사람들이 쳐다봐도 그냥 바닥에 앉아서 잠깐 잤어요. 꿈도 꿨는데 기억은 안 나요. 친구들은 착해요. 아마 지금도 찾고 있을 거예요. 내 가방이랑 폰만 잘 챙겨주면 좋겠는데. 친구 한 명이 얼마 전에 제대해서 기념 여행을 온 거예요. 이 친구들이랑 여행 온 게 처음인데 내가 망쳤어요. 근데 내 친구들은 어디 간거지? 왜 마음대로 되는 게 없죠?

나는 인생이 원래 다 그런 거 아닌가 하고 생각했다. 마치 지금의 우리처럼. 누군가 짜맞춘 것처럼 지호를 만난 일도, 새벽의 해변에서 방황하는 일도 계획한 건 아니었으니까. 지호는 알아들을 수 없는 말로 중얼거리다가 어느 순간 잠들었다. 형은 또다시 담배를 꺼냈다. 형, 나도 하나만. 형이 건네는 담배에 불을 붙였다. 오랜만이네. 형과 나는 담배를 피우며 바다를 바라보았다. 불빛이 없어서 바다가 보이진 않았지만, 파도 소리로 바다를 그릴 수 있었다. 사람이 없는 해변은 무섭기도 하고 평화롭기도 했다. 아 역시 연초가 좋네. 몸에 안 좋아서 그렇지, 좋긴 좋아. 우리는 웃었다.

마지막으로 준을 봤을 때 피운 담배를 끝으로 나는 금연을 했다. 준이 프랑스로 가기 전에 줄 것이 있다며 잠깐 보자고 한 날이었다. 나는 오토바이를 타고 준의 집 앞으로 갔다. 준은 단발로 머리를 자른 상태였다. 머리에 가려져 있던 턱선이 드러나니 전혀 다른 사람 같았다. 잘 어울리네. 그리고 오토바이 뒷자리를 두드리며 말했다. 마지막으로 태워줄까?

준은 집에서 헬멧을 가지고 나오더니 뒷자리에 올라탔다. 우리는 골목을 빠져나가 대로를 달렸다. 어디까지 가고 싶냐고 물으니 준은 아무 데나 멀리라고 했다. 오케이. 나는 준을 태우고 목적지 없이 달렸다. 평소보다 조금 빠른 속도였는데 준은 무서워하지 않았다. 너 처음에도 안 무서웠지? 아니, 엄청 무서웠지. 지금은 적응을 한 거야. 어느새 한강까지 갔다. 우리는 한강에서 같이 담배를 피웠다. 그게 준의 첫 담배였다. 준은 계속 기침을 했다. 처음엔 다 그래. 내가 웃으며 그냥 버리라고 하자 준은 이게 처음이자 마지막이라고 했다. 우리는 잠깐 한강을 보다가 다시 준의 집으로 돌아왔다. 준은 집에서 쇼핑백을 하나 가지고 내려왔다. 그 안에는 작은 화분 하나와 락앤락 통이 있었는데 통에는 민달팽이가 들어 있었다. 준은 자기 대신에 화분과 민달팽이를 키워달라고 했다. 좀 징그러운데, 주웠어? 몰라요, 어느 날 갑자기 자연 발생적으로 생겼어요. 화분에 딸려 왔는지도 모르고. 나는 알겠다고 했고, 준은 고개를 끄덕였다. 떠나기 전에 준에게 물었다.

머리를 왜 길렀는지 이제 알겠어? 준은 가만히 생각하더니 내 눈을 바라보며 말했다. 그때는 내 힘으로 할 수 있는 일이 그것뿐인 것 같았는데 이젠 다른 일도 할 수 있을 것 같아요. 그러고는 나에게 왜 머리를 기르는지 되물었다. 나는 한참 고민하다가 나도 시간이 지나야 알게 될지도, 했다. 그래요, 안녕. 안녕. 그 인사가 마치 꿈 같아서 나는 준의 손을 잡기 위해 손을 뻗었다. 그때 형이 나를 깨웠다. 야, 일어나, 해 뜬다. 눈을 뜨니 아직 해는 보이지 않았지만, 멀리서부터 희미하게 밝아지기 시작했다. 옆에서 찬영과 지호도 일어나 수평선을 보고 있었다. 찬영이 형을 돌아보며 형, 누나가 보라고 한 게 뭐였어요? 물었다. 돌고래, 해가 뜰 때 돌고래가 온대. 지호는 아 돌고래, 하며 형의 말을 따라 했다. 우리는 해가 떠오를 때까지 숨을 죽이고 기다렸다. 그때 뒤쪽에서 말소리가 들렸다. 빨리, 지금이야. 카메라를 든 남자와 서핑 보드를 든 여자였다. 여자는 빠르게 물에 뛰어들어 앞으로 나아가기 시작했다. 남자는 그 모습을 촬영했다. 한순간도 놓칠 수 없다는 듯 연신 셔터를 눌렀다. 순식간에 멀리까지 나간 여자는 보드 끝에 걸터앉아 수평선을 바라보았다. 파도를 기다리는 듯했다. 날이 점점 밝아왔다.

우리들이 함께하는 첫 일출이었다. 우린 다 괜찮을까? 찬영이 바다 쪽으로 시선을 둔 채로 중얼거렸다. 그럼, 당연하지. 내 말에 찬영은 다시 누나도 괜찮겠지? 물었다. 괜찮아, 괜찮을 거야. 이번에는 형이 확신에 찬 목소리로 대답했다. 그런데 돌고래가 진짜 올까요? 나는 이 바다에서 돌고래를 목격했다는 이야기를 들은 적이 없었다. 어쩌면 그 아이가 착각을 한 걸지도 모른다는 생각이 들었다. 형은 나른한 목소리로 말했다. 온다고 했어. 그리고 기도를 하듯 눈을 감았다. 그 모습이 잠든 것처럼 보이기도 했다. 그래, 오겠지. 나는 내년에도 이 도시에 바다를 보러 올 수 있기를 바랐다.

어디선가 바람이 불어와 묶지 않은 내 머리칼이 힘없이 흩날렸다. 그렇게 우리는 보드 위의 여자와 함께 그것을 기다렸다.

하루의 쿠낙

김용익

학교는 어제와 마찬가지로 축제가 한창이었다. 할머니들이 부스 옆에서 직접 캔 나물이나 마늘 같은 것을 팔며, 뒤집은 바구니 위에 앉아 학생들을 구경했다. 낮술을 걸친 중년들은 학생들이 노래를 부르고 게임하는 현장을 배회했다. 학교 축제는 곧 마을 대축제이기도 했다.

서울역과 연결되는 직통 기차가 없어서 한 번 갈아탄 다음 기차역에서 다시 시내버스를 타야 했고, 그것마저 동네 구석구석을 돌고서야 도착할 수 있는 곳. 편의점과 구멍가게 그리고 카페라고 간판을 내걸었지만, 뭘 파는지 알 수 없는 가게들이 공존하는 읍내가 있는 곳. 지소읍은 그런 곳이었다. 종점에서 내려 경사로를 따라 올라가면 고등학교 크기의 건물이 나타났다. 그 옆으로 자그마한 기숙사가 있었다. 이런 곳에 어떻게 대학교가 있지, 하는 생각이 기숙사에 짐을 풀고 정리하는 내내 사라지지 않았다. 재수는 절대 없다고 못 박았던 엄마 아빠도 말없이 교정을 둘러보았다. 나는 기숙사 침대에 앉아 하릴없이 창밖만 바라봤다. 지금껏 들어보지도 못한, 인터넷에 검색해도 특산물이니 관광지니 하는 것들과 멀고 먼 지소읍에 당도한 것이 믿어지지 않았다.

그래도 낭만 있네. 학교 주변에 바다가 있잖아.

예술은 학벌보단 실력이지.

노트북 화면 속 화상 채팅에서 고등학교 친구들이 위로를 건넸다. 난 예술을 하지 않아. 회사에 취업해서 살 거란 말이야. 그리고 여긴 바다와도 멀어. 튀어나오려는 속마음을 꾹 참고 한숨만 내쉬었다. 대화 주제는 각종 자격증이나 공무원 준비로 이어졌다. 그 뒤로 연락을 주고받지 않게 되었다. 자연스러운 일이었다.

나는 신입생 오티니 엠티니 하는 학교 행사에 모두 불참했다. 몇몇 선배들에게서 연락이 왔지만, 아프다는 핑계를 대거나 무시했다. 실제로도 감기 기운이 좀처럼 떨어지지 않았다. 읍내 병원에서 처방받은 약도 듣지 않았다. 게다가 룸메이트는 중국인이었다. 한국말을 유창하게 하는 편이 아니어서 종일 침대에 누워 있는 나에게 "아 유 오케이?" 정도만 물어올 뿐이었다.

그는 낮이나 밤이나 어딘가로 열심히 나갔다가 새벽에 들어와 곯아떨어졌다. 비슷한 처지의 중국인 유학생들과 몰려다니는 듯했다. 때때로 중국에서 가져온 간식을 나눠주기도 했지만 나는 셰셰, 인사만 하고 먹지는 않았다. 뜯지도 않은 채 방치된 간식 때문인지 중국인 룸메이트는 기숙사 생활이 끝나기까지 내게 눈길조차 주지 않았다. 나는 그의 고향이 중국의 한 시골이라 생각했다. 짐작일 뿐이었지만, 지소읍에서 잘 지내는 것을 보니 상해나 베이징에서 온 것 같지 않았다. 앞으로 지소읍에 있는 모든 것과 섞이지 않으리라 다짐했다.

그런 내 맞은편에 하루가 있었다.

"여긴 라테가 맛있어."

하루는 내가 주문한 딸기 스무디를 흘겨보며 말했다. 그러더니 빨대로 얼음을 휘휘 저었다. 얼음들이 부딪치는 소리가 유난히 크게 들려왔다.

"어제 나한테 한심하다고 했던 거 기억나?"

하루의 말에 나는 슬그머니 앉은 자세를 고쳤다.

"지방대 다니면서 술 마시는 게 뭐가 그렇게 재미있냐고. 그냥 한심한 것도 아니라 전체적으로 한심하다 했잖아."

하루는 뭐가 웃긴지 킥킥거렸다. 정말 내가 그런 말을 했을까 의구심이 들다가도, 줄곧 속으로 쌓아둔 생각들이었기에 수긍할 수밖에 없었다. 남의 입으로 들으니 유치하기 짝이 없었다. 하루는 할 말 없으면 먼저 가보겠다고 했다. 미안하다고 해야 하는데 입이 떨어지지 않았다. 어쩌자고 처음 본 사이에 한심하다고 했을까. 어느새 텅 빈 맞은편을 바라보고 있자니 콱 죽어버리고 싶어졌다.

*

하루를 만난 것은 어제, 대학 축제 첫날이었다. 무대에는 인지도가 낮은 가수들이 출연했다. 모두 자기 노래가 아닌 다른 유명한 곡들을 불렀다. 대부분의 사람들은 그들에게 관심이 없었다. 자신이 아는 노래 구절을 따라 부르긴 했지만 그뿐이었다. 그럼에도 무대 위 가수는 자신을 등지고 앉아 술 마시는 사람들 앞에서 열창을 했다. 딱히 박수나 환호도 없는 관객석을 향해 호응을 유도했다. 나는 운동장 벤치에 앉아 그를 바라보았다. 괜히 눈시울이 붉어졌다.

"설마 저 노래에 감동받아서 우는 거야?"

고개를 돌려보니 두 눈을 둥그렇게 뜬 여자애가 나를 바라보고 있었다. 나는 황급히 소매로 눈가를 닦았다. 언제부터 옆에 있었는지 모르겠지만, 갑작스런 여자애의 등장에 어깨가 움츠러들었다. 누구냐고 묻기도 전에 여자애는 같은 과 동기라고 자신을 소개했다.

"너 민수진 맞지?"

여자애는 이미 나를 알고 있는 듯했다.

"신입생이 오티, 엠티, 수업 다 불참하는데 누군들 모르겠어?"

여자애가 내 손을 끌어당겼다.

"난 하루야."

여태 끼니도 잘 챙겨 먹지 않고 누워만 지낸 나에게 하루의 악력이 상당하게 느껴졌다. 하루는 거절할 틈도 주지 않고 학과 주점으로 향했다. 술에 취한 사람들이 멀리서부터 환호성을 질렀다. 하루는 꽤 인기가 많아 보였다.

"신입생! 신입생 빌런이다!"

덩치 큰 남자가 나에게 젓가락을 휘두르며 소리쳤다. 하루는 귓속말로 그가 한 학년 위 선배라고 말해주었다.

"아팠다고 하잖아요. 얘라고 안 오고 싶었겠어요?"

하루가 그에게 장난스럽게 쏘아붙였다. 그는 아랑곳하지 않고 내 앞으로 술잔을 내밀었다. 엠티, 오티 다 불참한 벌이라고 했다. 말이 술잔이지 일반 종이컵에 소주를 가득 따른 것이었다.

"신고할게요."

나는 자리에서 일어섰다. 사람들의 환호가 일제히 멈췄다. 당황하는 눈치였다.

"그럼 흑장미!"

덩치가 종이컵을 하루 앞에 놓았다. 주변에서 박수를 쳤고 하루가 종이컵을 들어 올렸다. 그때였을 것이다. 왜 그랬는지 모르겠지만, 나는 하루의 손에 들린 종이컵을 빼앗아 단숨에 들이켰다. 그렇게 많은 양을 한꺼번에 마신 적은 처음이었다. 머리와 발바닥이 무거워지면서 속에서 열이 올라왔다. 술기운보단 화가 치밀었다.

쓰레기 같은 학교. 한심한 새끼들.

이런 단어들이 머릿속에 뒤죽박죽 떠올랐다. 누구라도 붙잡고 실컷 욕을 퍼붓고 싶었다. 하루가 내 팔을 잡았고 나는 반사적으로 밀쳤다. 그것이 마지막 기억이었다. 나는 며칠 동안 한 발자국도 나가지 않으며 하루에게 쏟아낸 말들을 앓았다. 그렇게 축제 기간이 끝났다.

*

하루의 이름이 하경이란 사실은 전공 수업에서 알게 되었다. 맨정신으로 사과를 해야겠다 싶어서 찾아간 수업이었다. 그러나 하루는 없고 덩치가 있었다. 그가 옆에서 그때 잘 들어갔냐, 그걸 다 마실 줄 몰랐다, 하경이가 많이 당황했었다고 속닥거렸다.

"하경이요?"

내가 되묻자 그는 너 데리고 왔던 애라고, 서로 통성명도 안 했냐며 혀를 찼다. 하경은 학교 근처 횟집에서 아르바이트를 한다고 했다. 덩치를 필두로 자칭 애주가라는 아이들은 그 횟집에서 자주 모였다. 저렴한 가격에 생굴이나 개불, 멍게처럼 제철에 나오는 것들을 서비스로 많이 주기 때문이었다. 나는 덩치에게 그 횟집으로 가자고 했다.

"제가 쏠게요."

내 말에 그는 각오하라고 아는 애들 다 데려가겠다고 허세를 부렸다. 그런데 막상 수업이 끝나고 정문에서 만난 인

원이라곤 나와 덩치뿐이었다.

"다른 애들이 오늘 바쁘대."

그가 어색하게 웃었다. 결국 둘이서 횟집으로 향했다. 앞치마를 두른 하루가 메뉴판과 물병을 내왔다.

"벌써 둘이 친해진 거야?"

활짝 웃는 하루의 얼굴은 그날 일들을 다 잊은 것처럼 보였다. 저녁을 먹기엔 이른 시각이라 손님은 나와 덩치뿐이었다. 하루는 부지런히 밑반찬과 우동, 광어와 연어 세트를 날랐다. 덩치는 단둘이 있는 것이 어색한지 연거푸 소주만 마셨다. 나도 마찬가지였다. 횟집에 손님들이 하나둘씩 들어오기 시작했다. 분주하게 움직이는 하루를 눈으로 좇았다. 하루는 사람들에게 친절했다. 안주를 치우고 건네주면서 손님들과 가볍게 대화도 나누었다. 한동네 사람들이어서 서로 잘 아는 듯했다. 테이블이 열 개나 되는데 아르바이트생은 하루 혼자였다.

"야, 너 같은 애들 많아."

얼굴이 달아오른 덩치가 우동을 후루룩 소리 나게 먹으며 말했다.

"적응 못 하는 애들."

그의 말에 헛웃음이 터졌다.

"다들 그쪽 아니, 선배 같진 않아요."

"그래, 내가 대단하지. 날 존경해라."

덩치는 술잔을 주거니 받거니 하며 자기 이야기를 늘어

놓았다. 대부분 사실을 빙자한 허풍 같았다. 공부에 뜻이 없었지만, 어떻게든 사년제라도 나와야 한다는 아버지의 명령에 따라 이곳에 왔다는 것. 그래서 졸업하자마자 아버지의 사업을 물려받을 예정이라는 것. 남부에서 나고 자랐고 친척을 포함한 가족들이 대대로 해군 출신이라 자신도 해군에 지원할 것 등등이었다. 그다지 귀를 기울일 만한 내용은 아니었기에 나는 대충 고개만 끄덕였다.

"넌 서울에서 어떻게 살았는데?"

그가 남은 광어회 한 점을 날름 집어 먹었다.

"그냥 살았어요."

건조한 내 말에 그는 질문을 바꾸어 이곳이 어떠냐고 물었다. 그럭저럭 괜찮다고 했다. 덩치가 픽 웃었다.

"너도 반수 준비하겠네. 그래, 갈 거면 빨리 가라."

비아냥대는 것 같기도 한 그의 말에 대꾸하지 않고 술만 마셨다. 휴대전화로 시간을 확인하니 겨우 두 시간이 지나 있었다. 족히 반나절은 보낸 기분이었다. 하루는 덩치가 더 달라고 한 우동 국물을 주며 손가락으로 내 어깨를 쿡 찔렀다. 잠깐 보자는 신호였다. 하루와 나는 가게 옆 후미진 골목으로 갔다.

"작작 마셔. 둘이서 지금 소주 세 병이야."

"어, 그래."

"저번에 한 말, 나한텐 해도 되는데 딴 사람한텐 그러지 마."

"미안."

제정신에 사과하고 싶었는데 너 알바 끝날 때까지 기다리다 보니 취해버렸다. 저번 것도 미안하고 이번 것도 미안하다. 꼬일 대로 꼬여버린 말에 진상이라고 생각하면서도 왜 이렇게 쩔쩔매야 하는지 몰랐다. 하루는 내 말이 끝나기를 기다려주었다.

"내일 우리 집에 해장이나 하러 와."

하루의 말에 나는 고개를 끄덕였다.

"꼭 갈게. 먹으러 갈게."

하루가 내 휴대전화에 주소와 현관 비밀번호를 찍어주었다. 나는 그 번호를 오랫동안 바라보았다.

*

부엌에서 하루가 분주하게 움직였다. 국자로 냄비를 휘저으며 냉장고를 열었다가 닫았다. 미리 펼쳐둔 상에 사골국이 담긴 그릇과 반찬을 올렸다. 능숙한 손짓이었다. 고소한 냄새를 맡으니 단박에 허기가 일었다.

"다 먹어. 너 먹으라고 차려준 거니까 남기기만 해봐."

하루가 엄포를 놓았다. 나는 숟가락을 열심히 움직여 국물을 마셨다. 정신없이 먹으면서도 하루의 자취방을 살펴보았다. 가구는 책상과 침대, 작은 테이블 정도로 딱 필요한 것들만 마련되어 있었다. 바닥엔 지그재그 모양이 수놓아진 노란 카펫이, 책상과 신발장에는 크고 작은 다육 식물들이 있었다. 벽에는 레옹이나 타이타닉 같은 유명한 영화 포스터가 붙어 있고, 위로 꼬마전구 가랜드가 걸려 있었다. 그중에서도 단연 눈에 띄는 것은 창가 바로 아래에 놓인 일인용 탁자만 한 크기의 수조였다. 푸른 램프가 수면 위를 고요히 비추었다. 소라 모형의 집과 해초 사이로 검은 등갑이 보였다.

"뭘 키우는 거야?"

하루는 가재의 한 종류인 쿠낙이라고 답했다. 쿠낙은 붉고 길쭉한 수염을 달고 몸통보다 굵은 집게를 흔들었다.

"얘는 스트레스를 받으면 자살해."

하루가 쿠낙에게 먹이를 뿌려주며 말했다. 스트레스에 취약해서 모든 것이 완벽하게 구비되어 있어도 적응하지 못하면 스스로 집게를 빼버린다고 했다. 자살하는 가재라니. 하루의 설명을 듣는데 어딘가 오싹해졌다. 평소에는 암막 천으로 수조를 덮어주는데 그것을 들춰서 살았는지 죽었는지 확인하는 것이 주된 일이었다. 이번이 세 번째 쿠낙이라고 했다.

그날 이후로 나는 하루의 자취방을 열심히 드나들었다. 즉석밥 묶음을 부엌 서랍에 정리해놓고 과일이나 샐러드를 준비했다. 가정식이나 파스타 같은 간단한 요리도 했다. 하루가 아르바이트를 하는 동안에는 내가 쿠낙을 보살폈다. 보살피기보단 구경하는 것에 가까웠다. 사료를 뿌려주면 모형 집에 있던 쿠낙이 재빠르게 튀어나왔다. 먹이를 충분히 먹고 나서 유연하게 헤엄쳤다. 그 움직임을 지켜보고 있으면 아무 생각도 하지 않을 수 있었다. 하루에 한 번씩 쿠낙의 생사를 확인할 때면 나는 그가 오늘을 무사히 넘긴 것에 안도했고, 또다시 찾아올 하루를 잘 넘기길 바랐다. 비록 수조 속에서 모형 집과 자갈을 오가는 것에 불과하더라도 말이다.

하루가 쉬는 날에는 노트북으로 함께 밀린 드라마나 예능을 몰아 보거나 쿠낙을 반년 이상 키워낸 사람들의 영상을 보았다. 하루에게는 한 달에 한 번, 사골국을 끓이는 날이 있었다. 커다란 냄비에 물을 채워 시장에서 사 온 사골용 소뼈를 넣었다. 오 평 남짓한 원룸은 사골 특유의 냄새와 습기로 가득 찼다. 하루는 끈적거리는 장판 위에서 땀을 뻘뻘 흘리면서도 사골국 끓이기에 열중했다. 다른 건 없냐고 물으면 하루는 손등으로 연신 이마를 훔치며 이걸 꼭 먹어야 한다고 했다. 그래야 뼈가 튼튼해지지, 건강해지지, 그래야 하루 더 살아갈 수 있지 노래를 부르듯이 중얼거렸다. 그렇게 완성된 하루의 사골국은 단연 으뜸이었다. 술을 마신 다음 날이면 꼭 하루의 사골국이 생각났다.

"네 이름 하경이라고 왜 말 안 했어?"

언젠가 이런 질문을 했다. 하루는 그건 남이 지은 이름이고, 하루가 직접 지은 이름이기 때문이라고 했다.

"레이디 버드 같아."

"그게 뭐야?"

"영화인데 본명이 크리스틴인 애가 자신을 레이디 버드

라고 부르고 다니거든. 자기가 직접 지은 이름이라고."

"나랑 비슷하네."

"걔는 고향에서 벗어나 뉴욕으로 가고 싶어 해. 결국 성공하긴 하는데 지긋지긋하다고 생각한 동네와 가족을 사실은 사랑하고 있었다, 뭐 그런 내용이야."

"뻔해."

"상도 받았어."

하루가 수조 표면을 손가락으로 매만졌다. 그 손길이 꼭 쿠낙을 쓰다듬는 것 같았다.

"난 가고 싶은 곳이 없어. 그냥 이렇게 지내는 게 좋아. 과거니 미래니 하는 것들은 너무 이상해. 난 그냥 하루씩만 살아가는 건데. 딱 하루만큼만."

여느 때처럼 활짝 열린 창문 밖엔 어둑한 수풀만 보였다. 그 뒤편으로 찌르레기 소리가 울렸다.

"여기도 나쁘진 않아."

하루가 중얼거렸다. 나쁘지 않다는 말이 좋다는 말과 같진 않았다. 그렇지만 때론 나쁘지 않다는 것이 좋은 것보다 더 나을 수도 있었다. 좋으면 싫어질 수 있으니까. 좋은 것들은 언제나 싫어지니까. 이제 나는 하루가 사골국을 끓이기만 할 뿐 먹진 않는다는 사실과 풍선껌 냄새가 나는 담배만 피운다는 것, 여름방학을 보내는 동안 세 번째 쿠낙이 다섯 번째가 된 것을 알게 되었다.

나와 하루는 덩치와도 자주 어울렸다. 그에겐 실없는 구석이 있었다. 허세를 부리다가도 구박을 받으면 금방 수그러들었다. 읍내 구석구석을 돌아다니며 자신이 파악한 맛집이나 물고기가 잘 잡힌다는 개천 같은 것을 소개했다. 읍내 약국에서 어떤 비상약을 사야 하는지, 피해야 할 가게나 주민들을 일러주기도 했다. 학생들이 자주 온다는 오락실과 지소읍의 포토존이라 할 수 있는 벚꽃나무 길도 보여주었다. 그렇게 실컷 돌아다니다가 하루의 자취방으로 몰려갔다. 덩치는 쿠낙을 구경하느라 바빴다. 수조 표면에 얼굴을 바짝 대고 손으로 사료를 살살 뿌리며 쿠낙이 집 밖으로 나오기를 기다렸다. 덩치는 쿠낙이 모습을 잘 드러내지 않을 때면 울상이다가도 어느새 밖으로 나와 있는 녀석을 발견하면 "야야, 나왔다 나왔다" 하며 호들갑을 떨었다. 그는 나를 따라서 쿠낙을 돌보기 위해 또는 구경하기 위해 뻔질나게 하루의 자취방을 들락거렸다. 우리는 술을 마시다 흥이 오르면 새로 산 미러볼을 켜고, 음악에 맞춰 몸을 흔들었다. 찌르레기와 풀벌레 소리, 대중가요와 이디엠이 뒤섞였다. 벌점 때문에 내가 외박을 할 수 없는 상황엔 하루와 덩치가 몰래 기숙사로 왔다. 방학을 맞이해 중국인 룸메이트가 고향으로 떠났고, 퇴소한 학생들도 있어 사감의 감시망이 느슨해진 참이었다. 떠오르는 해를 보며 나와 하루는 침대에, 덩치는 바닥에 널브러져 잠들었다.

그런 날들이었다. 고민과 미래가 소거된 날들. 함께 있을 때면 가능했다.

*

가을 학기가 시작될 무렵 학교가 부실 대학으로 지목되었다. 디자인과를 포함한 몇몇 학과는 존폐 위기였다. 과가 사라지든 학교가 사라지든 둘 중에 하나였다. 덩치와 하루는 크게 신경 쓰지 않았다. 입대를 앞둔 덩치는 군대에서 고민해볼 거라 했다. 하루는 수업 외엔 모두 아르바이트에 시간을 할애했기에 정신없이 바빴다. 돈을 많이 모으는 것이 목표라고 했다. 해외여행이라도 가려고 하냐는 내 말에 하루가 고개를 흔들었다. 그냥 돈을 모으는 재미가 있다고 했다. 하루는 엄마가 매번 돈 돈, 거려서 정말 싫었는데 하고 웃었다. 어쩌면 그 돈 돈, 하는 소리가 머릿속 깊숙이 박혀서 자신을 움직이게 하는 것일지도 모른다고 했다. 그 말이 하루만큼만 살아간다는 좌우명과 잘 연결되진 않았지만 캐묻지 않았다. 각자의 사정이란 게 있는 것이니 말이다.

그러다 보면 다른 것들은 중요하지 않았다. 하루가 말을 하고 나는 고개를 끄덕이고 함께 늦은 점심을 먹고 때론 밤늦게 술도 마시면서 그렇게 시간을 보내는 게 좋았다. 그런 날들이 내 인생에 다시 찾아오지 않을 것만 같았다. 바람을 타고 날아온 바다 냄새를 맡으며 영원히 머무를 것 같았던, 그래서 내 인생을 망치게 할 것만 같았던 이곳이 이제 또 다른 어딘가로 나를 떠나보내는 것만 같았다. 그러는 동안 다섯 번째 쿠낙이 가장 오래 살아남은 가재가 되었다.

학과 사무실은 자퇴서를 내는 학생들로 붐볐다. 교칙대로라면 과별로 주임 교수와 면담을 해야 했지만, 학교도 학생도 존폐 위기에 대응할 여력이 없었다. 나도 자퇴서를 작성했다. 조교는 서류가 접수되는 대로 후속 조치가 이뤄질 거라 했다.

"와 진짜냐? 이게 현실이라고?"

강의실에서 덩치가 대뜸 다가와 물었다. 처음에는 아무렇지 않던 덩치도 막상 부실 대학 문제가 현실로 닥치자 초조한 듯했다. 나는 노트북으로 열심히 쿠낙에 대한 정보를 모았다. 갑각류에 좋다는 칼슘제와 미네랄, 사료, 모형 집을 새로 살 생각이었다.

"군대나 가야겠다."

그는 한숨을 내쉬면서도 근데 너 멋있다, 하고 눈을 반짝였다. 그는 나의 자퇴가 얼마나 강단 있고 소신 있는 행동인지를 설파했다.

"나도 그냥 자퇴할까."

덩치가 머리를 쥐어뜯으며 중얼거렸다. 나는 괜히 마우스만 움직였다.

남은 나날 동안 부지런히 하루의 자취방에 들렀다. 쿠낙을 돌보기 위해서였다. 칼슘제와 미네랄 덕분인지 다섯 번째 쿠낙은 날이 갈수록 검고 매끈한 등갑을 자랑했다. 그런데 어느 날부터 자취방의 현관문이 열리지 않았다. 비밀번호를 여러 번 눌러보아도 모두 틀렸다. 그제야 하루가 자취방 비밀번호를 바꾸었다는 생각이 들었다. 내가 자퇴한다고 이야기했을 때 아무 말도 하지 않던 하루였다. 부아가 치밀다가도 내가 할 수 있는 일이 없었다. 부모님은 누구보다 빠르게 지소읍으로 달려와 기숙사 짐을 차에 실었다. 나도 그 짐들 중 하나였다. 휴대전화로 한 통의 메시지가 왔다. 하루의 자취방 주소로 자갈, 파이프, 통나무 모형의 집들이 안전하게 배송되었다는 내용이었다. 서울에 도착하고도 하루에게선 아무 연락이 없었다.

디자인 전문 재수 학원은 종로3가에 있었다. 온종일 학원 커리큘럼에 따라 수능 준비와 실기 연습을 병행했다. 주말에는 독서실에서 인터넷 강의를 들었다. 종로3가는 낮이고 밤이고 술에 취해 싸우는 노인들과 회식이 한창인 직장인들이 교차하는 곳이었다. 수십 대의 버스와 택시와 승용차들이 일사불란하게 움직였다. 길거리를 걸을 때면 가게에서 나오는 소음 때문에 옆 사람의 말도 잘 들리지 않았다. 그런 종로3가의 한복판에서 해가 지는 것을 바라보며 지소읍을 떠올렸다. 소금기가 묻은 바람과 동네 주민들로 가득한 횟집, 빨리 피고 지는 벚꽃나무와 높고 낮은 억양 같은 것들을. 종로3가엔 없는 것들이었다.

한번은 사골을 끓이던 하루가 운 적이 있었다. 단단한 뼈가 물렁해질 때까지, 맑은 국물이 뽀얗게 변할 때까지 국자를 휘저으며 눈물을 흘렸다.

"하루가 너무 길어……. 너무나 길고 긴 하루야……."

나는 하루의 어깨를 감싸주었다. 그런 날이면 하루는 내가 사골국을 비울 때까지 지켜보다 잠들었고 평소보다 더 일찍 일어났다. 옷장부터 욕실, 부엌까지 손에 잡히는 대로 물건을 버리고 쓸고 닦았다. 나도 따라서 분리배출을 하고 세탁기를 돌렸다. 왜 울었냐고 물어보고 싶은 마음을 애써 눌렀다. 한바탕 청소를 하고 나면 침대에 나란히 누워 마스크팩을 했다. 시원하고 촉촉한 기운이 얼굴에 가득 스며들었다. 하루의 기분도 한결 나아졌다. 하루는 다시 기운을 내서 좋아하는 밀면 가게로 향했다. 비빔밀면과 물밀면, 고기만두를 가운데 놓고서 나눠 먹었다. 하루는 뭔가를 먹기 전에 항상 긴 머리칼을 한쪽으로 묶었는데 먹다 보면 어느새 어깨 아래로 흐트러져 내려와 있었다. 나는 그런 하루의 머리카락을 귀 뒤로 넘겨주었다. 반대인 경우도 있었다. 정신없이 먹으면서도 우리는 서로의 머리칼을 귀 뒤로 넘겨주거나 잡아주는 것을 잊지 않았다. 얼음이 띄워진 은은한 한방 냄새가 나는 육수를 마시며 여기가 조금은 마음에 들었다. 노랗고 도톰한 면발과 짭짤한 무생채를 한데 말아 입안 가득 욱여넣는 것이 나쁘지 않았다.

군 입대를 한 덩치에게서 간간이 전화나 문자가 왔다. 그는 자신의 군 생활이 재미없다며 시시콜콜한 바깥소식에 대해 물어왔다. 대부분 서울 여자를 소개받고 싶다는 둥 롯데타워를 구경하고 싶다는 둥 우스갯소리였다. 하루와 나누었던 대화를 전해주기도 했다. 하루는 여전히 학교생활과 아르바이트를 병행한다고 했다.

"근데 쿠낙은 잘 지낸대요?"

내 물음에 덩치는 하루와 통화했을 때 쿠낙에 대해 듣다가 제한 시간 때문에 끊었다고 했다.

"어떤 집에 살고 있대요? 그러니까 어떤 모양의 집."

덩치는 그런 말은 못 들었다고 했다. 며칠 뒤에 다시 전화가 와서 쿠낙의 집은 소라 모형이라고 전해주었다. 통화는 그리 오래가지 못했다. 입시가 다가올수록 휴대전화는 장식용에 가까워졌다. 덩치에게서도 연락이 뜸했다. 수능과 실기 일정까지 끝났을 땐 한 해가 지나 있었다. 광화문 광장엔 해피 뉴 이어 글귀가 조명을 받아 반짝였다. 나는 하염없이 걸었다. 대학 입학과 자퇴, 재수까지 모두 까마득한 과거 같았다. 지소읍의 모든 것들이 희미했다. 그저 그런 일이 있었구나 싶었다. 그러나 있었다는 사실, 그 속에는 여전히 사골국을 끓이는 하루가 존재했다. 청계천 쪽으로 걸으며 하루에게 전화를 걸었다. 오래되지 않아 수화기 너머에서 하루의 목소리가 들렸다. 놀란 가슴을 들키지 않기 위해 잘 지냈냐고 물었다. 하루가 잠깐 망설였다.

"태수 선배가 사라졌어."

문자 그대로 태수 선배, 덩치가 사라졌다는 것이었다. 의가사 제대를 했는데 그 뒤로 아무도 소식을 모른다고 했다. 청계천 거리의 소음들이 하나도 들리지 않았다.

언젠가 하루가 쿠낙의 죽음에 대해 이야기해준 적이 있었다. 자갈에 놓인 집게가 꼭 사람이 죽기 전에 가지런히 벗어둔 신발 같다고 했다. 그래서 새로운 쿠낙을 키울 때마다 어딘가에 또 집게가 있을까, 못 본 것은 아닐까, 샅샅이 뒤져보게 된다는 것이었다. 그 말을 듣고 나니 수조를 확인할 때면 가장 먼저 집게부터 찾았다. 쿠낙이 해야 한다는 적응은 무엇일까. 단순히 물의 온도나 여과기 문제는 아닐 것이다. 인터넷을 뒤져봐도 마땅한 해답은 나오지 않았다. 수질이나 박테리아 문제라는 말도 결국 추측일 뿐이었다. 그런데 그 때문에 쿠낙을 키우는 일에 도전하는 사람들도 있었다. '이번이 세 번째네요' '아직 죽지 않았다……' 등으로 시작되는 블로그 글들은 까다롭고 고급종인 쿠낙이 어떻게 사람들의 호기심을 자극하는지 보여주었다. 판매하는 사람이나 키우는 사람이나 쿠낙이 되어보지 않는 한 알 수 없었다.

"나 서울에 있어."

침묵 끝에 하루가 말했다.

*

다시 만난 하루는 조금 더 어른이 된 것 같았다. 검정 코트에 남색 스커트와 흰 블라우스를 입고 굽이 조금 낮은 구두를 신은 차림새가 예전과 달랐다. 하루와 나는 별다른 인사를 하지 않고도 약속이나 한 듯이 청계천을 걸었다. 하루는 광화문에 있는 사무실에서 아르바이트를 한다고 했다. 사무실 비품을 관리하고 프린트나 자료를 준비해주는 일이었다. 다시 대학에 돌아갈 순 없지만, 기본적인 회계 공부라도 해서 작은 회사 경리로 취업할 것이라고 덧붙였다. 나는 대입 결과를 기다리는 중이라고 했다. 하루는 잘될 거라고 말했다. 이런저런 상투적인 대화를 나누며 태수 선배에 대한 이야기를 미뤘다. 그러나 광화문 근처 카페에서 주문한 음료와 케이크를 다 먹고도 쉽게 자리를 뜨지 못했다.

"태수 선배에 대한 소문만 무성해. 아버지가 돌아가셨다는 말도 있고, 사업이 망해서 정신적으로 문제가 생겼다는 말도 있고."

모두 내가 알던 덩치가 아니었다. 특유의 능글맞은 웃음을 지으며 그가 다시 나타날 것만 같았다. 그러나 하루는 냅킨을 조금씩 찢을 뿐이었다.

"쿠낙이 죽었어."

하루가 말했다. 서울에 오기 직전이었다고 했다. 나는 애꿎은 빨대만 만지작거렸다.

"태수 선배가 쿠낙에 대해 물어본 적이 있었거든. 그땐 그냥 사실대로 말했는데."

하루가 덤덤하게 말을 이었다.

"살아 있다고 했더라면 어땠을까. 잘 먹고 잘 산다고, 앞으로도 그럴 거라고 말했더라면 뭐가 달라졌을까."

나는 하루를 바라보며 예전이라면 뭐라 대답했을지 생

각했다. 하루가 훌쩍이면 나도 따라서 훌쩍거리다가 함께 엉엉 울지도 몰랐다. 하지만 우리는 그러지 않았다.

"가야겠다. 너무 늦었어."

하루가 손목시계를 바라보았다. 카페를 나서자 바쁘게 오고 가는 사람들로 거리가 북적였다. 그 틈에서 나와 하루는 잠깐씩 떨어졌다가 붙기를 반복했다. 광화문의 높고 길쭉한 건물들 사이로 서서히 해가 지고 있었다.

"레이디 버드 봤어?"

내 말에 하루는 무슨 소리냐는 듯 멀뚱히 쳐다보다가 아 그거, 하고 옅게 웃었다.

"걘 이제 자기를 레이디 버드라고 안 부르던데."

하루는 새크라멘토를 샌프란시스코라 말하는 지구 건너편 뉴욕에 사는 여자애와 어젯밤에 통화를 한 사람처럼 말했다. 나는 하경이란 이름 대신 하루가 더 좋다고 말하고 싶었다. 처음 만난 날, 넌 하루였으니까 나에겐 계속 하루일 거라고도. 나에겐 아직 나누지 못한 마음들이 많았다. 한심한 밤들, 그러나 다시없을 그런 밤들을 보내고 싶었다.

버스 정류장에 다다르자 하루가 가볍게 손을 흔들었다. 다음에 보자거나 연락하라거나 따위의 인사는 없었다. 마침 도착한 버스에 몸을 싣고 빠르게 멀어질 뿐이었다. 나는 숨을 크게 들이마시고 내쉬었다. 어디선가 비리고 축축한 냄새가 났다. 바다와 빗물과 먼지와 여과되지 않은 수조에서 나는 냄새 같은 것들이었다. 사방이 금세 어두워졌다. 버스 정류장에는 사람들이 모여 있다가 흩어지기를 반복했다. 제대로 서 있으려 했지만, 자꾸만 등과 어깨가 부딪혔다. 그렇게 하루가 지나가고 있었다.

에세이

이준아

물속에서
몸을 돌린 순간

어리고 어리석었던 시절, 나는 곧잘 우울과 불행을 흉내내곤 했다. 반짝이지 못할 바에야 피치 못할 어둠이라도 갖자. 대충 그런 생각이었던 것 같다. 그리고 그보다 조금 더 철이 들었을 땐 나의 예민한 감각이 거추장스럽게 느껴지기 시작했다. 밝고 화사한 얼굴을 덧대고, 불쾌를 대수롭지 않게 넘길 줄 아는 태도를 갖추면 세상을 살아가는 데에 훨씬 합리적이고 유용할 것 같았다. 그런 불균형한 마음으로 살아가다 보니 나의 일상은 늘 귀퉁이 한구석이 대충 접혀 있는 모양새였다. 현생을 의욕적으로 수행해내면 조금은 펴지지 않을까 싶어 이런저런 수를 써봐도 비웃기라도 하듯 또르르, 결국엔 다시 말려 들어가고 만다.

생은 거침없이 나아가는데 나는 지겹도록 제자리였다. 자주 억울했다. 그러다 어느 날 문득 도저히 참을 수 없는 상태가 되었다. 그길로 인근의 합평 모임을 하나 찾아 들어가 무작정 쓰기 시작했다. 그저 쓰고자 하는 사람들이 모인 작은 스터디였지만, 나는 그곳에서 얻은 에너지로 등단을 했다. 생은 여전히 무자비하게 흘러가지만 나에게도 아직은 개입의 여지가 있구나, 숨이 쉬어졌다.

고작 이런 마음으로 소설을 써도 되는 걸까. 고작 이런 노력으로 소설가가 되어도 괜찮은 걸까. 맥락 없이 불행이 닥치고, 정의 구현은 판타지일 뿐인 날것의 세상에서 이 정도의 안온한 삶을 영위하고 있는 나에겐 비장해질 자격이 없다고 느꼈다. 깊고 아름다운 문장을 쓸 자격이 없으니 가볍고 빠르게 읽히는 소설을 써야지. 그런 다짐으로 분수껏 신명 나게 쓰다 보니 습작의 기간이 주로 즐거웠다. 못 쓰면 못 쓰는 대로 자기 연민을 즐겼고, 그럭저럭 읽히게 쓰여지는 드문 날엔 마음껏 뿌듯해했다. 어디까지나 아마추어의 마음이었다.

등단 후의 삶을 논하기가 민망할 만큼 대부분의 일상이 그대로이다. 꾸역꾸역 생업을 이어가고, 일주일에 세 번 수영 강습에 나가고, 대충 살림도 하고, 자책과 함께 아이를 키우고, 하루의 끝엔 참지 못하고 맥주 캔을 따버리고, 가끔 친구들을 만나면 집에 돌아와 끝도 없이 복기할 정력적인 수다를 떤다.

하지만 '소설을 쓴다'는 행위에 대한 내 나름의 정의는 매일같이 해체되었다가 조립되기를 반복하고 있다. 어영부영한 등단이 나에게 독이 될지도 모른다는 불안과 이 천금 같은 기회를 꽉 잡아야 한다는 조급함으로 많은 날을 보낸다. 정작 소설을 쓸 때는 비장해지지 못하던 나는 소설가라는 타이틀 앞에서 잔뜩 비장해진다. 쓸데없이 힘이 들어가면 가라앉기 마련인데 걱정이 이만저만이 아니다.

〈두 번째 원고〉는 청탁의 순서나 게재일로 보자면 두 번째가 아니지만, '마감일'로 따지면 실질적인 나의 두 번째 원고가 맞다. 콩닥거리는 마음으로 쏘아올린 공이 몇 달 후에 어떤 모습으로 나와 조우할까. 각각의 소설을 쓴 시간과 실제 독자와(독자라니! 독자라니!) 만나는 시간의 교차를 생각하면 기분이 조금 묘해진다. 어떤 이야기를 어느 시간대에 세상이 보게 될지는 모두 내 소관이 아니다. 나는 그저 쓰고 기다릴 뿐이다.

신춘문예에 소설이 당선된 이후로 많은 사람들로부터 축하를 받았다. 물론 많다는 기준은 어디까지나 상대적인 것이라 누군가에겐 고작 정도의 인맥으로 보일 수도 있다. 신춘문예라는 방식과 이후의 행보에 관심을 보이는 사람은 그중에서도 소수에 속했다. 나는 그 점에 안심했다. 단 한 번의 영광으로 끝날 수도 있을 이 해프닝을 많은 사람들에게 소명하려면 내 심장이 터져버릴 수도 있겠다 싶어서.

오랜 지인 한 명이 무엇이 가장 좋으냐고 물었다. 당연히 상금이 가장 좋았지,라고 말하고 둘이 한참을 웃었다. 아니 정말로, 뭐가 가장 좋아? 그녀가 고쳐 물었다. 당선의 열기는 가라앉은 지 오래고 지금 가장 좋은 건 무엇일까 생각해봤을 때 답은 하나뿐이었다. 다음 기회가 이어지는 것. 계속 쓸 핑계가 생기는 것. 그러니까 단도직입적으로 말해보자면 '청탁'. 그것이 가장 솔직한 답변이겠다. 많지는 않지만 내가 딱 감당할 수 있을 정도의 마감을 앞둔 현재의 나는 감히, 매우 행복하다.

일을 할 때 노트북의 미리알림 기능과 캘린더를 애용하는 나는 소설 청탁만큼은 부러 종이 달력에 마감일을 그려 넣는다. 그 작은 동그라미와 '소설 마감'이라는 단어를 보며 흐뭇해할 정도로, 그런 유치한 퍼포먼스를 서슴없이 할 정도로 나는 청탁이 좋다. 이런 말을 여기에 적어놓고 후에 책이 나왔을 때 내 상황이 어떨지는 아무도 모른다. 그래서 잠시 망설이다 기록해두기로 한다. 훗날 책을 들춰보며 어떤 감회에 빠져들지는 알 도리가 없지만, 한 치 앞을 내다볼 수 없는 신인은 지면이 허락되었을 때 뭐라도 남겨야 하니까. 봐라, 여기, 내가, 소설을 쓰며, 행복해하고 있다.

꼭 쓰고 싶은 이야기가 있다. 뭉텅이로 잘라낸 찰흙처럼 아직은 주제랄 것도 형태랄 것도 없이 방치되어 있는 나의 역사, 기억 그리고 왜곡. 언젠가는 소설이라는 세계로 정성껏 빚어주고 싶다. 그러기 위해 나는 지금보다 더 친절한 사람이 되어야 한다. 사람은 못 되더라도 친절한 소설가는 꼭 되어야지.

수영 강습이 끝나면 샤워기 아래에서 열을 식히며 거의 매번 소설에 대해 생각한다. 수영이 먼저 늘까, 소설이 먼저 늘까. 말도 안 되는 비교군인데 이상하게 그 순간만큼은 고민이 매우 합당하게 느껴진다. 명확히 짚어내기는 어렵지만 비슷하게 느껴지는 지점이 있는 것 같다. 둘 다 나에게는 몸으로 부딪혀야 하는 문제고, 타이밍을 맞춰야 하고, 힘을 뺐다가 또 내야 하고, 그러면서도 앞으로 나아가야 하니까.

요즘엔 플립턴을 배우고 있다. 물속에서 몸을 한 바퀴 굴려 벽을 차고 스트림라인을 잡아 다시 레인을 타야 한다. 십중팔구 코로 물만 잔뜩 먹고 헛발질을 하다 끝난다. 그런데 간간이 어쩌다 한 번, 기가 막히게 돌아 기가 막히게 차서 기가 막히게 다음 영법으로 이어질 때가 있다. 그럴 땐 숨이 턱까지 차도 그 흐름을 놓치지 않으려고 안간힘을 쓰게 된다. 앞으로 무조건 전진한다. 멈추면 아까우니까.

나는 이제 가까스로 물속에서 몸을 돌렸다. 벽을 힘껏 차고 유선형의 자세를 잡아 흐름을 타고자 애쓰고 있다. 타기만 해봐라 내가 멈추나, 그런 마음으로. 절박하지만 즐거운 기묘한 조합의 정신 상태로 등단 후의 삶이라는 걸 살아내고 있다. 버터플라이를 멋들어지게 하는 날이 오면 나의 소설도 저항 없이 날아오를 수 있지 않을까. 혹시 모르니 수영도 계속해서 열심히 해내볼 생각이다.

김슬기 어깨에 힘을
10분의 9만 빼면

서울역에서 부산역으로 가는 KTX에 몸을 실었다. 로켓배송으로 급하게 주문한 셔츠와 동생에게 빌려 입은 겨울 재킷이 조금 조였고, 기차 안의 공기는 갑갑했다. 재킷 단추를 풀었다가 다시 잠갔다가를 반복하며, 지난밤 써두었던 당선 소감문을 속으로 여러 번 되뇌며 읽었다. 평소 하던 대로 편하게 하면 된다는 조언을 들었지만, 나는 멍석을 깔아주면 평소에는 곧잘 하던 모든 것을 도리어 잊어버리는 사람. 마이크 앞에서 머리는 백지가 되고, 의지와 상관없이 무릎까지 달달 떨면서 흰 종이에 납작하게 달라붙은 검은 글자를 멋없이 줄줄 읽어 내려갈 게 분명했다.

신춘문예 시상식은 웨딩홀 행사장을 대관한 곳에서 열렸다. 꽃 장식과 크리스털 조명이 화려하게 빛나는 곳에서 나는 자꾸만 쪼그라드는 기분이었다. 캄캄한 골방에서 아무렇게나 휘갈겨 쓴 소설이 부끄럽게 느껴졌다. 애써 태연한 척하느라 진땀을 뺐다. 부산에 살고 계신 이모 세 분이 꽃다발을 들고 시상식에 오셨다. 조카의 직업이 뭔지도 몰랐지만, 상을 받는다고 하니 새벽 꽃시장에 가서 샀다고 하셨다. 상을 받는 딸을 위해 멀리서 온 동생을 보러 왔다는 얘기도 솔직하게 덧붙이면서. 이십 년 만에 뵙게 된 큰이모는 축하

한다는 말과 함께 내게 비밀스러운 이야기를 속삭이듯 귓속말을 건넸다. “니 상 받는 게 대단한기가?” 나는 전혀 대단치 않은 것이라 답했다. 그건 진심이었다.

과거의 말로는 애석하게도, 요즘의 말로는 자연스럽게 나는 미혼이다. 결혼을 한 적이 없으니 웨딩홀 행사장에서 스포트라이트를 받는 일이나 아주 오랜만에 만난 친척에게 안부 인사를 건네는 일은 어색할 따름이었다. 시간은 다 지나가기 마련이라고 스스로를 달래며, 많은 사람들이 지켜보는 가운데 단상에 올라가 준비한 말을 읽어나갔다. 상패와 자기앞수표로 된 상금이 든 봉투를 손에 쥐었다. 신춘문예가 무엇인지 몰랐지만, 이제는 잘 알게 된 부모님과 이모 셋이 장하다고 등을 쓸어주었다. 골방에서 쓴 나의 소설이 처음으로 가져온 선물들. 나는 몸 둘 바를 몰랐다.

다음 날 눈을 뜨자마자 집 근처에 있는 은행 아무 곳으로 달려가 수표를 입금했다. 돈을 벌려고 소설을 쓴 건 아니지만, 그 소설이 돈을 벌어다 주니 좋았다. 내가 좋아하는 글쓰기로 먹고살겠다는 꿈. 불가능할 것만 같던 그 꿈을 이룰 수 있을지도 모른다는 미약한 희망이 생겼다. 휴대폰 화면에 은행에 예치된 금액이 떠올랐다. 이 순간만큼은 즐길 법도 했지만, 나는 조금 계산적인 마음이 됐다. 한 뼘짜리 작은 케이크를 놓고 파티에 참석한 모든 이들과 나눠 먹어야 한다는 그런 골똘함이었다. 잔액을 최대한 잘게 나누어보았다. 아껴 쓴다면 생활비로 몇 달은 더 버틸 수 있을 돈이었다.

소설가가 된 주인공은 그 이후로 소설을 쓰며 꿈을 이루고 행복하게 잘 먹고 잘 살았답니다. – The end –

사람들은 내게 묻는다. 등단을 했으니 이제 다 된 것 아니냐고. 마치 연금복권에 당첨된 사람을 보는 것처럼 부러운 눈빛을 보내곤 한다. 나는 그들을 실망시키고 싶지 않지만, 적나라한 일상의 쿰쿰한 냄새가 나는 이야기를 해주고 싶어 입이 근질거리기도 한다. 취업 준비생 시절이나 대학 입시를 준비하면서 우린 다 경험했지 않나. 취업만 하면, 입시에만 성공하면, 모든 일이 다 풀리고 행복할 일만 남을 것 같다는 환상. 하지만 현실은 그때부터 시작이 아니던가. 새로운 문을 열면 다음 문을 향해 달려야 하는 것이다.

말은 이렇게 해도, 달리기는커녕 기지도 못했다. 등단이라는 문을 통과하고 소설을 단 한 문장도 쓰지 못하는 시간을 꽤 흘려보냈다. 청탁이 없었던 것도 맞고, 내 글을 애타게 기다리는 독자가 없다는 것도 맞다. 그러나 아무도 읽어주지 않을 소설을 미친 듯이 쓰던 시간도 분명 있었다. 내 안에서 소설이 자꾸만 콸콸 쏟아져 나와, 턱 밑에 양동이를 받쳐두기만 해도 채워진 양동이들로 소설을 한 편씩 마무리 짓던 시간이 있었다. 그때는 되고, 당선 후엔 왜 안 되는지를 오래도록 고민하는 시간이 흘렀다.

여름, 한 시인의 문학 수업을 들었다. 마지막 수업 시간이 되어서야 나는 선생님께 조심스럽게 여쭈었다. 등단은 했지만 소설 쓰기가 더 어려워졌다는 고백에 가까운 물음이었다. 그는 소설가의 책임은 다른 게 아닌 그저 쓰는 것이라 말해주었다. 나와 가장 가까운 이야기를, 나의 문장으로 쓰라고 했다. 너무나 당연하지만, 당연해서 잊기 쉬운 가장 기본적인 원칙이었다. 나는 할 수 있는 것만 할 수 있는 사람. 그제야 나는 더듬더듬 내 곁의 단어들을 불러 모아 백지에 옮기기 시작했다.

서울의 끝자락, 재개발을 앞둔 지역의 경계에 걸쳐 있는 집에 자매와 개 한 마리가 산다. 높아지는 월세를 이기지 못하고 서울의 중심부에서 밀리고 밀려 당도한 곳이다. 옆집은 우체국이었다. 일명 우세권. 작가 지망생에게 최적의 집이다. 각종 문학상 공모전에 응모하기 위한 소설을 참 많이도 보냈다. 그렇게 두 해의 겨울을 보냈고, 순전히 운이 좋아 한 작품이 당선됐다. 재개발 이주로 사람이 줄어들어 우체국은 지난 6월 문을 닫았다. 아직 사람이 사는 것만 같은 집 주위로 방진막이 올라가는 풍경을 바라보며 소설을 쓴다. 내가 제자리에 있는 동안에도 많은 것들이 느린 속도로 변하고 있음을 온몸으로 느낀다. 희뿌연 먼지가 가득한 길거리를 개와 함께 산책하면서, 쉽게 이사 갈 수 없는 넉넉지 못한 주머니 사정을 걱정하고, 또다시 대단한 소설을 쓸 가장 쉬운 방법은 없는지 잔머리를 굴리며 요령을 피운다. 누구 하나 소설을 쓰라고 강요하지 않는데도, 성공보단 가난이 보장된 이

삶을 유지하기 위한 고민을 이어나간다.

오늘도 10분의 9를 생각한다. 언젠가 내 글을 읽은 독자 한 분이, 나의 개인 SNS 계정에 단 댓글이었다. '작가님, 잘 읽었습니다'로 시작한 댓글의 마지막은 이랬다. '어깨의 힘을 10분의 9만 빼면 훌륭한 작가가 될 수 있을 겁니다.' 10분의 9라니! 나는 손으로 어깨를 주물러보았다. 여기서 힘을 더 빼면, 아니 10분의 1만 남긴다면 나는 연체동물이 되어버릴지도 모르는데. 적잖이 충격을 받았다. 글을 쓸 때마다 그 생각이 들면 나아가야 할 길이 아득하게 느껴진다. 빠지지 않은 어깨의 힘이 자꾸만 거슬린다.

소설가가 된 나는 이제 어깨의 힘도 쫙 빼고, 소설도 콸콸 쏟아내면서 행복한 삶을 살게 될까. 잘 모르겠다. 하지만 확실한 건 그게 될지 안 될지는 부딪혀보며 알아가는 수밖에 없다는 것. 엉망진창인 소설을 쓰고 또 쓰고, 감사한 기회가 찾아오면 이불을 뒤집어쓰고라도 뻔뻔하게 내 소설을 들이밀어볼 작정이다. 또다시 독자가 분노한 얼굴을 하고서 내 SNS에 찾아와 이번엔 어깨의 힘을 10분의 10을 빼라고 소리치더라도 웃어넘기고 싶다. 다음 글은 더 나을 거라 기대해달라고 자신하는 작가가 되어볼 생각이다. 이렇게 생각하니 소설가로 살아남는 일 역시 꽤 재미있게 느껴진다. 하하하. 소리 내 웃어본다. 그렇다면 나는 꽤 행복한 것 아닌가.

임희강

유성우가 반짝인
그해 여름

'아티스트 인 레지던스' 프로그램은 소설가가 된다면 꼭 한 번 참여해보고 싶은 프로그램이었습니다. 작품이 당선된 뒤 처음으로 생긴 휴가를 계획하며 저는 각국의 '아티스트 인 레지던스' 프로그램을 검색했습니다. 이 프로그램은 전 세계 아티스트들이 한자리에 모여 작품 활동을 하는 프로젝트입니다. 주최 기관에 따라 아티스트들은 항공료나 숙박비, 작품 활동비를 지원받습니다. 활동 기간도 상이합니다. 며칠에서 몇 주가 될 수도 있고, 몇 달간 길게 체류하며 한 작품을 완성하기도 합니다. 미션 역시 상이한데 주최 기관이 원하는 주제를 제시하거나 자유로운 활동을 권장하기도 합니다. 국내에도 서울(연희문학창작촌), 제주(가파도 아티스트 인 레지던스), 강원(토지문화관) 등에서 집필실을 지원하고 있습니다.

여러 프로그램 중 저는 일본의 작은 섬에서 주최되는 한 사업에 신청했습니다. 레지던스는 외진 곳에 위치한 경우가 많은데 오키나와에서 운전을 해본 경험이 있고, 어릴 때부터 외국어를 공부했기에 왠지 자신이 있었습니다. 며칠 되지 않아 회신을 받았고, 곧 짧은 오티를 마친 뒤 레지던스로 합류했습니다. 식사가 제공되지 않고 장을 보기 어려운 곳이었기에 도시에서 먹거리를 잔뜩 사서 가야 했습니다.

도착한 첫날 밤엔 여러 아티스트들을 만났습니다. 저글링 전문가와 서커스 아티스트, 배우, 화가 들이 모여 계셨습니다. 그날은 합동 발표회를 마친 날이었기에 여러 사람들이 일본어로 빠르게 의견을 교환하고 있었습니다. 다 알아듣진 못했지만, 각자가 믿는 가치에 대해 힘주어 말하는 모습이 근사하게 느껴졌습니다. 듣고 있던 저에게도 질문이 왔습니다. 짧지만 등단작에 대해 직접 소개할 수 있는 두근대는 시간이었습니다. 이후 저희는 가까운 바로 이동을 했습니다. 한쪽에서 음악을 선곡하던 디제이가 직접 작업한 음악을 담았다며 시디를 나눠줬습니다. 손으로 그린 것 같은 표지가 매력적인 앨범이었습니다. 옆에 앉은 화가에게 좋아하는 색깔을 물었고, 그는 그 색을 떠올리는 것만으로도 눈을 반짝였습니다. 나도 내 작품에 저렇게 눈을 반짝이고 있을까 생각하며 잠에 들었습니다. 스스로를 소설가라고 소개한 첫날이었습니다.

레지던스에 머무는 매일 아침 저는 비교적 일정한 시간에 일어났습니다. 커튼을 걷으면 너른 들판이 한눈에 들어왔습니다. 날씨가 좋지 않았기에 늘 섬 바람에 볏잎이 모로 누워 펄럭였습니다. 평소 집중하지 못한 바람의 발자국을 살피며 잠을 깨고 아침을 맞이했습니다. 평화로운 날들이었습니다. 방을 나서면 마치 고등학교 체육 시간으로 돌아간 듯 복도에 급수대가 보였습니다. 간단히 세안을 마치고 일 층으로 내려가면 다른 작가가 내린 커피 향이 진하게 풍겼습니다.

그렇게 부지런하지 못한 저는 인스턴트 커피를 타서 들판이 좀 더 잘 보이는 곳에 자리를 잡고 앉아 글을 썼습니다. 주로 아침 8시에서 9시 사이였고 점심이 될 즈음까지 작업은 이어졌습니다.

머리를 식히고 싶을 땐 고개를 들어 연두색 볏잎 머리를 바라봤습니다. 바람이 부는 날엔 휘날리다가 날이 좋은 때는 곧게 서 있기도 한 싱그러운 풍경이었습니다. 평야에서 자란 저는 그 경치에 마음이 푹 놓였습니다. 글을 쓰는 사이 다른 작가들이 내려오면 반갑게 '오하요 고자이마스' 인사를 나눴습니다. 오늘은 뭘 하는지, 무슨 작품을 쓰고 있는지 서로 간단히 얘기를 주고받았습니다. 마당에서 종종 휴식을 취하던 한 작가는 조그마한 텃밭을 가꾸며 다 자란 채소에 대해 설명해주었습니다. 그를 따라 텃밭으로 가던 저는 지네를 발견해 화들짝 뒷걸음질을 치기도 했습니다. 조그마한 개구리도 종종 우리의 마당과 텃밭을 넘나들었고, 때로는 샤워실 문을 막고 있어 한동안 묵묵히 기다리기도 했습니다.

미리 약속한 건 아니었지만 차를 렌트한 기간이 다 달라 작가들끼리 번갈아가며 동승을 했습니다. 짙푸른 파도를 만나고 바람을 맞으면서 '힘든 일이 생길 때 이 순간을 기억하겠다'는 감상을 나눴습니다. 고개를 끄덕여주던 동료 작가의 표정이 오래 기억에 남습니다. 다른 작가는 같이 본 바위를 아크릴 물감으로 화폭에 담았습니다. 만두를 닮았다고 생각한 바위였는데 그녀의 그림 속 바위는 전혀 만두를 닮지 않았고, 오전에 제가 본 것과도 다른 힘을 발산하고 있었습니다. 그 밤엔 정형화된 예술 교육에 대한 이야기를 나눴고, 다른 밤엔 같이 가까운 바닷가로 가서 수만 개의 별을 감상했습니다. 어리석게도 휴대폰에 사진을 담으려다 유성우를 눈으로 보지 못했는데 동료들은 제 몫까지 소원을 빌어주었습니다. 마지막 날엔 같이 불꽃놀이를 했고, 다른 곳에서 또 좋은 인연으로 만나자고 언약을 나눴습니다. 온전히 소설가로서 집중한 저의 첫 여름이었습니다.

한국에 돌아와서는 사뭇 다른 삶을 살았습니다. 주말엔 늦잠을 잤고 일찍 일어나더라도 노트북 앞에 앉지 않았습니다. 여긴 너른 들판도 없고, 바람이 휘몰아친다고 누워줄 볏잎도 없으며, 휴대폰을 본다고 놓칠 유성우도 떨어지지 않았습니다. 한국이나 일본이나 환경은 크게 다르지도 않은데 일상에선 그렇게도 모든 감각이 무뎌지는 것이었습니다. 저는 유튜브를 보거나 댓글을 읽었고, 포털사이트 메인 화면에 뜬 자극적인 헤드라인을 클릭했습니다. 화제가 된 넷플릭스 시리즈를 보고 때론 그것만으로도 부족해 화면을 pip 모드로 전환해 작게 만든 다음 휴대폰 게임을 곁들였습니다. 소설가의 삶이라기엔 너무도 위약했습니다. 이런 저를 강제로 책상에 앉히기 위해 저는 몇 가지 장치를 마련했습니다.

오랜 친구들과 독서 스터디를 합니다. 혼자서는 절대 읽지 않기 때문에 여러 사람과 감상을 나누는 스터디는 제게 큰 도움이 됩니다. 최근에는 동물권과 관련된 책을 재미있게 읽었습니다. '관포지교'라는 이름으로 뭉친 문우들과는 합평 스터디를 합니다. 쓰기 싫어서 바닥을 기다가도 합평을 하고 나면 얼른 타자기를 잡고 싶어집니다. 직접 쓴 소설 외에도 재밌게 읽은 소설이나 문학계 이슈들을 공유합니다. 작지만 실한 우리만의 문학 커뮤니티입니다. 최근엔 다른 스터디도 시작했는데 구성원은 합평 스터디를 하는 분들과 같습니다. 일주일에 몇 번 가볍게, 그날 쓴 소설을 공유하면 되는데 건강한 부담을 준다는 점에서 도움이 됩니다. 쓰지 않더라도 늘 '나는 쓰는 사람' 혹은 '써야 될 사람'이라는 인식을 놓지 않을 수 있습니다. 오랜 친구이자 동료인 최재원 소설가의 소개로 여러 소설가들과 만나서 쓰는 모임에도 참가한 적이 있습니다. 독서실처럼 한데 모여 서로가 서로의 감시자가 되어주는 형태였습니다. 아무래도 보는 눈이 있다 보니 쓰지 않고는 버틸 수 없고, 이 기회가 아니면 뵙지 못했을 작가님들과 교류할 수 있다는 점에서도 도움이 되었습니다.

그래도 숨이 턱 막히고 한 글자조차 써나가기가 두려울 땐 함께여서 행복했던 순간을 떠올리려고 합니다. 바다 앞에서, 바람 앞에서, 들판 앞에서 글이 함께여서 행복했습니다. 유튜브와 넷플릭스를 보고 휴대폰 게임을 할 때도 실은 글쓰기가 제 삶에 같이 있다는 걸 알기에 행복할 수 있었습니다. 앞으로도 오랫동안 글쓰기와 함께 행복한 추억을 늘려가고자 합니다. 쓰기 싫다고 기어다니지 않고요.

권희진

크루아상
먹는 날들

누군가 등단 이후의 삶은 생각보다 별거 없다 똑같다,라는 말을 했었다. 그러니 그 제도에 너무 연연하지 말라는 뜻일 테고 그 이후에는 더 열심히 해야 한다는 의미였을 거다. 나는 그 말을 시상식에서 해버렸다. 수상 소감 준비를 게을리 한 탓이었다. 그게 뭐 어렵나. 고마운 사람들에게 감사 인사를 전하고 그동안 노력한 만큼 앞으로는 더 겸손한 자세로 소설에 임하겠다. 준비하지 않아도 그런 말이 술술 나올 거라 생각했다. 그러나 내 이름이 호명되고 앞에 선 순간 머릿속에 있던 말들이 삭제됐다. 떠오르는 말이라고는 등단해도 별거 없더라, 하는 것뿐이었다. 왜 하필 그거였을까. 다행히 사람들은 농담으로 받아들인 것 같다. 대부분 웃었던 걸 보면 말이다.(그날 제정신이 아니어서 제대로 된 기억이 아닐 수도 있지만) 아무튼 그 뒤로는 횡설수설하다가 '감사합니다'를 끝으로 인사를 꾸벅하고 얼른 자리로 돌아왔다. 별거 없다는 말 외에는 아직도 그 앞에서 무슨 말을 했는지 기억나지 않는다. 완전히 망했구나. 그날의 수상 소감을 두고두고 후회했다. 내가 건방져 보일까 하는 걱정 때문이었다.

그래서 정말 별거 없었나 하면 꼭 그렇지만은 않다. 별거는 아니지만 변화는 있었다. 전에는 정말 재미있게 썼다.

2023년이 특히 그런 시기였다. 퇴근을 한 후에 거의 매일 썼다. 써지지 않는 날도 있었는데 그런 날에도 일단 책상에 앉아서 생각이라도 했다. 생각하는 일도 나에게는 글쓰기였다. 반면에 등단 직후에는 매일 불안했다. 쓰지도 못하고 불안해하기만 했다. 나만 이렇게 초조하고 불안한가? 하는 생각 때문에 더 겁이 났다. 그즈음에는 내 글에 울렁증도 생겼다. 퇴고하려고 파일을 열면 자꾸 멀미가 났다. 그래서 몇 주 동안 수정도 못 하고 방치한 적도 있다. 불과 몇 개월 전의 일이다. 지금도 그런 증상이 있지만 조금 나아졌다.

그리고 한 가지 더, 가장 큰 변화는 내 글을 읽어줄 사람이 조금 늘어났다는 점이다. 그거야말로 아주 별거다. 전에는 나 자신이 가장 중요한 독자였다. 그래서 편하게 썼다. 나만 만족하면 되니까. 그렇다고 매번 만족하는 글을 썼다는 건 아니다. 그런데 이제는 저 밖에 누군가가 있다. 내 소설을 읽어줄 사람들이 말이다. 많지 않더라도 괜찮다. 독자가 존재한다는 건 소중하고 감사한 일이다.

정리하자면 등단 이후의 삶은 별거 없는 게 맞다. 로또 당첨 망상을 하며 출근하고 시간을 견디다가 퇴근한다. 탈진한 상태로 집에 오면 써야 되는데 써야 되는데, 중얼거리면서 멍하게 누워 있다가 아 이제는 진짜 써야 돼, 하고 노트북 앞에 앉는다. 그리고 결국 한 줄도 쓰지 못하고 잠을 잔다. 자려고 누웠을 때는 두 가지 마음이 공존한다. 오늘도 망했네 하는 마음과 그래도 시도는 좋았다 하는 마음. 그런 괴로운 날을 반복하고 있다. 그래서 그게 싫다는 거냐 좋다는 거냐 묻는다면 좋다. 어찌 되었든 소설을 계속 써야 할 명분이 있다는 점에서 좋다. 가능하다면 부디 이 괴로운 일을 오래도록 하길 바라는 마음이다.

좋아하는 유튜브 영상이 있다. 루이스라는 남자가 크루아상을 리뷰하는 영상인데 조회수가 1,400만이 넘는다. 나만 해도 아마 300회 정도는 봤을 거다. 겨우 크루아상인데 왜? 라고 질문할 수 있다. 나는 그 질문에 대한 적절한 답을 생각해보지만…… 글쎄, 잘 모르겠다. 그냥 이상하게 자꾸 보게 된다. 사실 이 영상에 관한 이야기는 소설에 쓰려고 아껴뒀던 건데 여기에 먼저 써야겠다. 루이스는 프랑스 파리에서 크루아상이 유명하다는 베이커리 다섯 곳을 소개한다. 크루아상이 거기서 거기인 것 같지만 또 각자 매력이 다르다. 모양이나 냄새도 다르고 맛도 차이가 있다. 루이스는 각 베이커리의 크루아상이 어떻게 다른지 설명한다. 영상을 보고 있으면 그 크루아상을 먹기 위해 파리에 가고 싶어질 정도다.

영상의 특이한 점은 주변 상황이다. 아마도 그 영상은 2023년 3월경에 촬영한 것 같다. 그 시기에 프랑스에서는 연금개혁안에 반대하는 시위가 있었다. 연금 수령 연령을 기존 62세에서 64세로 늦춘다는 법안이다. 시민들은 법안이 통과되는 것을 막기 위해 시위를 했다. 거리에 쓰레기가 넘쳐나고 시청이 불타고 폭력도 벌어졌다. 루이스는 거리의 시위를 배경으로 크루아상을 먹는다. 주변에서 고함을 지르고 무언가 발포되는 소리가 들려도 루이스는 빵을 먹는다. 빵을 먹는 남자를 보고 있으면 왠지 평온해진다. 이런 아이러니가 이 영상의 매력이 아닐까 싶다.

난 가끔 인생이 그 영상과 비슷하다는 생각을 한다. 도시가 혼란해도 빵을 사고 파는 사람들이 있다. 바로 옆에서 폭동이 일어나도 빵을 먹는 남자가 있다. 어떤 일에는 지독할 정도로 무감각하지만 가끔은 사소한 것에도 쉽게 공감하고 슬퍼하고 행복해한다. 나는 그런 걸 알 것 같다가도 결국엔 아무것도 모르겠다. 아무것도 알 수 없어서 혼란하지만 그럼에도 빵을 먹는다. 그러고 보면 소설 쓰는 일도 인생과 비슷한 것 같다. 어느 순간엔 알 것 같다가 또 전혀 모르겠는, 그럼에도 계속 이어가고 싶다는 면에서 두 가지는 공통점이 있다.

앞서 말한 것처럼 등단 이후의 작가로서의 삶은 극적으로 달라지지 않았다. 그래서 이번 에세이는 조금 어려웠다. 그렇게 안 보이겠지만 정말 오래 고민한 글이다. 에세이가 어려웠던 이유는 또 있다. 에세이로 풀어내기에 내 일상은 매우 평범하다. 그 평범함이 가끔 죄스러울 때도 있다. 과분할 정도로 안온한 삶이어서 부끄럽고 힘들다. 그런 마음은 어떻게 견뎌야 할까. 이조차도 위선일까 두려워 나는 자꾸만 스스로를 검열한다. 그러나 그것도 소용없음을 안다. 검열하고 포장해도 나는 나인 것을 숨길 수가 없다. 그렇다면 받아들이는 게 답일지도. 일부러 아침에 썼는데도 글이 조금 센치해졌다. 그래도 수정할 생각은 없다. 에세이는 너무 어렵기 때문이다.

비 오는 날을 좋아한다. 비가 오면 유독 글이 더 잘 써지는 기분이다. 비가 올 때 돌아다니는 것도 좋아한다. 비가 오지 않더라도 실망하지 않는다. 그런 날에도 책상에 앉아 있기는 한다. 잘 써지지는 않지만, 나는 요즘 그렇게 살고 있다.

김영은 그냥 뭐,
좋으니까요

스무 살에 서울로 상경한 후, 한 동네에 십여 년을 머물렀다. 그러다 보니 마음 둔 곳이 여럿 생겼는데 한낮의 책방과 밤의 바(bar)가 그것이다. 그곳에 드나들다 보면 내게 필요한 위로가 얼마만큼인지를 가늠해볼 수 있다. 초록과 연두로 가득한 책방에서 마음에 드는 책을 고른 후 일인용 소파에 앉아 독서를 한다. 공간이 협소하기에 오랜 시간을 보낼 순 없지만 더위나 추위를 피해 잠시 쉬어가기 좋다. 출입문을 기준으로 왼편에는 그림책이, 중앙과 오른편에는 에세이, 서양 고전, 현대 소설, 시집 등이 있다. 독립출판물들도 꽤 있다. 낯선 작가의 작품을 발견하거나 좋아하는 작가의 신간 소설을 마주할 때면 유물을 발견한 고고학자 같기도 하고, 뽑기를 하는 어린아이 같기도 한 마음이 된다. 최근에는 연보라색 모루 인형을 구매했다. 뱁새 같은 생김새에 정돈되지 않은 삐죽삐죽한 털은 보는 것만으로도 웃음이 난다. 모루 인형이 내게 무엇이든 시나브로 나아지고 있다고 말해주는 듯하다.

바에서는 차가운 김렛을 시작으로 올드 패션드를 지나 흑맥주로 마무리한다. 중간중간 주어지는 서너 잔의 서비스 샷은 덤이다. 한쪽 벽면에는 옛 할리우드 흑백 영화가 재생

되고, 간혹 영화제 팸플릿이 테이블에 올려져 있기도 하다. 이곳엔 젊은 예술가들이 많이 오고 간다. 인사를 나누다 보면 영화부터 음악, 미술 등 다양한 활동을 하는 이들을 만날 수 있다. 왜 영화를 찍으세요? 왜 음악을 하세요? 왜 소설을 쓰세요? 취기에 힘입어 이런 질문을 하다 보면 진솔한 마음이 나올 때도 있고, 당황해서 말문이 막힐 때도 있다. 하지만 언제나 결론은 같다.

그냥 뭐, 좋으니까요.

그 순간만큼은 내려앉은 밤안개에 몸을 숨겨도 괜찮을 것만 같은 기분이다.

그러나 언제나 좋을 수만은 없다. 지난 몇 달 동안 매력적인 인물을 발굴했고, 형상화하려고 노력했지만 결국 실패하고야 말았다. 그(실제가 아닌 소설 속 인물)와 너무 자주 붙어 있어서 그럴 수도 있고, 잘 알지도 못하면서 덤벼들었을 수도 있고, 알아가는 와중에 첫인상의 매력이 떨어졌을 수도 있다. 단순히 역량 부족일 수도 있다. 빨리 소설을 완성하고 싶다는 초조함에 다른 이들을 붙잡고 그에 대해 설명한 적이 있다. 수화기 너머로 잠자코 듣던 이들이 "근데 걔가 왜 그러는 거야?"라고 질문했다. 대답하기 어려웠다. 그러게 왜 그럴까. 통화를 끝내고 나서 그에 대해 잘 알지 못했고, 어떤 매력을 느꼈던 걸까 하는 의구심이 들었다. 이런저런 조언을 받은 적도 있었다. 그러나 살을 붙여갈수록 내가 처음 발견한 모습이 아니었기에 낯설었다. 이보다 더 많은 이유가 있겠지만 나와 그 사이엔 시간이, 거리가 필요하다는 것만큼은 확실했다.

무엇이든 적당한 시간과 거리가 필요하다는 것. 그것은 소설이 알려준 삶의 태도와도 같다. '적당함'이 얼마만큼인지 알 순 없지만. 소설을 쓸수록 매번 이에 대해 숙고할 수밖에 없다. 일상을 보낼 때는 누구에게나 공평하게 주어진 하루를 산다고 여기기 마련이다. 그러나 소설은 그렇지 않다. 억겁의 시간과도 같은 하루를, 눈 깜짝할 새 지나간 긴 세월을 발견하기도 한다. 때론 유폐된 시간 속에 살거나 어떤 시간을 유폐하기도 한다. 소설이야말로 그 자체로 타임 워프에 가까운 존재이지 않을까, 가끔 생각한다. 소설은 지구에 존재하는 유일한 웜 홀이다.

OTT를 통해 브래드 피트가 주연인 영화 애드 아스트라(Ad Astra, 2019)를 보았다. 지적 생명체를 찾아 떠난 아버지를 찾아가는 내용인데 화려한 영상미나 액션보다 우주 한가운데에 내던져진 한 인간의 고뇌와 내면이 중점이다. 가족을 버리면서까지 선택한 아버지의 여정은 실패하고야 말았다. 다음은 이와 관련한 내레이션이다.

아버지는 멀고 낯선 세계를 누구보다 섬세하게 기록했다. 그 세계는 아름답고 장엄했다. 경이롭고 신비로웠지. 하지만 그 멋진 겉모습 속엔 아무것도 없었다. 사랑도 미움도

빛도 어둠도. 그는 없는 것만 찾았고 눈앞에 있는 건 보지 못했다.

이 대목을 몇 번이고 돌려 보았다. 혹 나도 눈앞에 있는 것을 보지 못한 채로 살아가고 있지는 않은가. 로이(브래드 피트)는 임무를 완수하러 떠나는 긴 시간 동안 진공 상태와 같은 우주선에서 억압된 감정을 마주하며 괴로워한다. 어떤 상황에서도 안정적인 심박수를 유지했던 그가 가장 두려워했던 것은 결국 자기 자신이었다. 유년기의 상처, 아버지에 대한 분노와 연민, 목표를 이루기 위해 기꺼이 버려야 했던 일상의 모든 것…….

돌이켜보면 재작년부터 지겹다는 말을 입에 달고 살았다. 밥을 먹다가도 샤워를 하다가도 지겹다, 지겨워, 이런 말들을 해댔다. 구체적으로 무엇이 지겨운 것인지 모르겠지만 총체적으로 지겨웠다. 먹고사는 문제에 대해서. 먹고살기 위해 전전긍긍하는 것에 대해서. 좋아하고 싫어하는 일에 대해서. 옳고 그른 것에 대해서. 분노하고 연민하는 것에 대해서. 웃고 떠드는 것에 대해서. 나는 내가 삶에 지쳤다는 사실을 인정하기까지 꽤 오랜 시간이 걸렸다. 그러고 나니 지겹다는 말을 하지 않게 되었다.

그럼에도 불구하고.

나는 이 말을 믿는다. 소설은 언제나 '그럼에도 불구하고' 이어지기 때문이다. 그래서 끈질기다. 끝의 너머를 바라보게끔 한다. 마침표에서 다음 마침표로, 또 다른 마침표로 향한다. 마침표들이 모여서 무한해진다. 무수한 한계와 가능성이 공존한다. 삶이 괴로워질 때면, 누군가에게 화가 날 때면, 자기 자신이 싫어질 때면 그럼에도 불구하고,라고 중얼거린다. 그리고 쓴다. 그럼에도 불구하고 이어지는 삶에 대해. 굽이굽이 울퉁불퉁 왁자지껄한 생에 대해. 한 편의 소설을 경유하고 나면 다시 삶을 껴안고 이리저리 살아갈 수 있다. 그것이 내가 소설을 읽고 쓰고 사랑하는 수많은 이유 중 하나다.

이 책을 후원해주신 분들

가락동한씨
고은서
고정용
권금택
김규상
김보하
김수현
김지수
김지원
김지희
김찬미
김효진
나이먹은 빈센트
대장냥이
듀공디밍
래소한의원
류지은
민지
박재성
박정민
박지원
박혜경
백경현

수치니유주
암사자의 도토리
양취향
유혜연
윤다혜
은수
은형
이규석
이문영
이수진
이수현
이승연
이영주
이유찬
이주연
이지숙
이지연
이진
이혜정
장슬기
장은진
정미래
정윤지

준아작가님팬
최은미
최지윤
최형경
쵸쵸리
추희윤
하은맘
한고은
홍지연
히강이친구민덩이
Better
Ekyo
jongsung

총 59명

『두 번째 원고 2025』
알라딘 북펀딩에
참여해주신 모든 분들께
감사드립니다.

두 번째 원고 2025

2025년 3월 28일 1판 1쇄

지은이
이준아, 김슬기, 임희강, 권희진, 김영은

편집
장슬기, 윤설희, 최경후, 이여름

디자인
박다애

제작
박홍기

마케팅
김수진, 백다희

홍보
조민희

인쇄
천일문화사

제책
J&D바인텍

펴낸이
강맑실

펴낸곳
(주)사계절출판사

등록
제406-2003-034호

주소
(우)10881 경기도 파주시 회동길 252

전화
031)955-8588, 8558

전송
마케팅부 031)955-8595, 편집부 031)955-8596

홈페이지
www.sakyejul.net

전자우편
literature@sakyejul.com

블로그
blog.naver.com/skjmail

페이스북
facebook.com/sakyejul

트위터
twitter.com/sakyejul

인스타그램
instagram.com/sakyejul

ISBN 979-11-6981-365-5 03810
ISSN 3059-1813